늙은 소년의 아코디언

늙은 소년의 아코디언

초판 1쇄 발행 2012년 6월 28일

지은이 김열규
펴낸이 강수걸
펴낸곳 산지니
등록 2005년 2월 7일 제14-49호
주소 부산광역시 연제구 거제1동 1498-2 위너스빌딩 203호
전화 051-504-7070 | 팩스 051-507-7543
홈페이지 www.sanzinibook.com
전자우편 sanzini@sanzinibook.com
블로그 http://sanzinibook.tistory.com

ISBN 978-89-6545-179-2 03810

* 책값은 뒤표지에 있습니다.
* 파본은 구입하신 서점에서 바꾸어 드립니다.
* 이 도서의 국립중앙도서관 출판시도서목록(CIP)은
e-CIP 홈페이지(http://www.nl.go.kr/cip.php)에서 이용하실 수 있습니다.
(CIP 제어번호 : CIP 2009002852)

김열규 산문

늙은 소년의 아코디언

산지니

차례

2부

얌생이와 돗따

부산, 한국 현대사의 전위대

'이, 부산 돌놈아!'

이건 아주 어릴 적, 고성 외가 외할머니께서 나더러 하신 말씀이다. 외할머니께서는 내 머리를 쓰다듬으면서 아주 귀여워 못 견뎌 하셨다.

그렇듯이 나는 알짜 '부산 놈' 이다. '부산내기' 다. 젖떼기 전, 고성에서 부산으로 나와 줄곧 부산에서 자라났다. 6 · 25 전쟁이 끝나고 훌쩍 서울로 옮겨가기까지 유년, 소년, 청년 시절 내내, 그 인생의 황금기 내내, 부산은 나를 품어 주고 가꾸어 주었다. 유치원, 초등학교부터 고등학교를 거쳐 대학 3학년까지 부평동, 부민동, 부용동, 보수동 등 그 어디에 살아도 부산은 둘도 없는 내 둥지였다.

그러는 동안 부산의 역사는 눈부시게 달라져 갔다. 부산은 한국 현대사의 선두에 섰다. 남들보다 앞장서서 급변하는 역사를 짐 지고는 힘겹게, 다부지게 겪고 그리고 이겨 나갔다. 부산은 한국 현대사의 첨병(尖兵)이었다. 나의 어린 시절과 젊음은 그러한 부산의 역사와 짝지어져 있었다. 내 인생의 자취는 부산의 역사적 궤적과 함께 그려져 나갔다. 기쁨과 보람을 함께하고 고통과 수난을 나누어 가지지 않을 수 없었다.

'왜정 시대' 라고도 하는 일제강점기 내내, 부산은 식민지 중의 식민지이다시피 했다. 식민지의 아픔을 다른 지역보다 엄청 크게 당해야 했다. 부산의 번화가며 중심지는 일본인이 독차지하고 있었다. 지금의 중구와 서구의 요충지는 거의 다 일본인 거리고 일본인 주거지였다. 동구 일부도 그랬다. 그 당시 '나가테(長手)' 라고 하던 광복동, 일본인들 스스로 자랑스럽게 동경의 번화가인 '긴자' 에 견주곤 하던 광복동과 그 둘레의 중앙동, 대청동, 신창동 일대는 그야말로 '니혼진마치(日本人町)' , 곧 일본인 동네였다. 그러기에 조선인들은 자기 자신들의 본고장에서 밀려나 있었다. 제 집을 남에게 넘겨주고는 곁방살이하는 꼴이었다.

그런 환경이고 분위기다 보니 명색이 '일선공학(日鮮共學)', 곧 조선인과 일본인이 함께 공부하는 학교를 다니면서도 나와 같은 조선인 학생은 일본인 상급생들에게서 극심한 차별 대우를 받을 수밖에 없었다.

그러기에 부산 사람들에게 1945년 8월 15일, 그날의 광복은 남달랐다. 조국을 되찾는 일 못지않게, 부산의 중심가를 되찾는 일은 엄청 감격스러웠다. 비로소 시민들은 부산의 주체가 되었다. 그럴 때, 제1부두는 퍽 상징적이었다. 전쟁에 패하고 도망쳐 가는 일본인들이 처참한 꼴로 배에 오르는 바로 그 부두로 귀환 동포들은, 그중에도 일본에 강제 징용으로 끌려갔다가 되돌아오는 동포들은 환호하면서 내려섰다. 그렇게 부산은 조국 광복을 최전방에서 누린 것이다. 부산은 한국 역사 그 자체가 아로새겨진 항구요, 부두였다.

이렇듯 다급하게 시대적 변화를 겪은 부산은 한동안 잠잠했다. 근 5년 동안, 새로이 들어선 정부 밑에서 부산은 재건을 서둘렀다. 하지만 그것도 잠시, 1950년 6·25전쟁을 맞으면서 부산은 또다시 한국 현대사의 소용돌이의 한복판에 휘말려 들었다. 전쟁에 밀려 서울서 내려온 중앙정부가 당시의 경남도청에 자리 잡으면서 부산은 '임시 수도'가 되었다. 그러면서 피난민들로 들끓은 부산은 전쟁을 승리로 이끌어 가는 기지가 되었다. 그런 중에 부산의 부두 네 곳은 결정적인 구실을 맡아 내었다. 유엔군의 탱크며 대포들을 비롯한 각종 무기와 전쟁 물자를 전방으로 수송하는 기지였던 부산 부두가 없었더라면, 결과는 어떻게 되었을까?

"부산 부두가 없다면 우린 이 전쟁에 못 이길 거요!"

미군 장교 한 사람은 마침 통역을 하고 있던 필자에게 이렇게 말하면서 검지와 중지로 V자를 그려보였다. 그 V자는 한국 현대사의 크나큰 고비에서 제구실을 감당해낸 부산에 바쳐진 것이었다.

이 한 권의 책은 그런 부산의 내력을, 근 · 현대사의 내력을 그려내면서, 아울러 같은 무렵의 한국의 내력을 살펴볼 것이다. 근대와 현대에 걸친 이 땅, 이 겨레의 역사의 거울로서 부산의 본색이 드러나게 될 것이다. 그와 함께 나의 삶의 궤적도 거기 비쳐질 것이다.

바야흐로, 나이 80. 노년의 정상에서 되돌아보는 청소년 시절의 나의 자화상이 그려질 것이다. 나의 회고록이 근 · 현대의 부산과 이 땅의 역사의 회고록을 겸하게 되기를 바라고 싶다. 늙은 소년의 아코디언, 그 간절한 울림이 크게 메아리치기 바라고 싶다.

1부

자갈치를 낚싯대로 휘저으면서

알짜 부산 놈!
부평동에서 자라면서

나는 알짜 부산 놈이다. 큰소리쳐도 된다. 하지만 섭섭하게도 부산이 안태고향(安胎故鄕)은 아니다. 그것은 내 사주팔자며 운명의 극히 초기 단계에 일어난 본의 아닌 적자(赤字)다. 그러나 미처 기저귀도 떼기 전인 젖먹이 철에 고성서 부산으로 옮아왔다. 그리고는 대학 3학년까지 줄곧 부산서 자라고 살고 했다. 서울 가서 대학에 들기는 했지만, 불과 한 달도 못 되어 6 · 25전쟁이 터져서는 부산으로 쫓겨왔다. 그러니 젖먹이 철부터 비롯해서 유소년의 꼬맹이 시절 그리고 중고교의 소년기를 거쳐 대학의 청년기까지, 근 20년을 부산에서 보내었다. 나무로 치면 밑으로 뿌리 내리면서 위로 움이 트고 싹이 나서는 줄기에서 잔가지가 나기까지 부산서 발

육한 셈이다. 그러니 부산은 내 인생의 기초 다지기를 해준 셈이다. 두 번째 안태고향인 셈이다.

그나마 알짜 부산 놈이라고 우쭐대는 또 다른 이유는 유소년 시절 동안 부평동 사거리에서 자랐기 때문이다.

'부산광역시 중구 부평동 3가 1번지.'

이 주소는 지금도 기세 등등하게 나의 본적지로 올라 있다. 부평동 사거리, 그것은 1930~40년대 당시만 해도 굉장히 넓은 십자로의 교차점이었다. 보수동 검정다리 쪽에서 내려와 남포동 쪽으로 뻗어 있는 한길과 부민동의 옛 부산지법 쪽에서 내려와 대청동 쪽으로 뻗은 대로가 마주치는 그 지점을 아무도 네거리라고 부르지 않았다. 굳이 '사거리' 라고 했다.

그 무렵 본격적으로 도시화된 부평동 사거리는 장사꾼의 상점들이 줄지어선 상가였다. 그곳에는 상업 도시인 부산의 진면목이 반짝이고 있었다. 그런 중에 우리 집은 이웃들과 마찬가지로 2층짜리 가게를 하고 있었다. 그 당시로는 제법 우람한 상점이었다. 그러니까 나는 갈데없는 장사꾼 아들이었다. 전형적인 부산 놈이었다.

한데 사거리는 온통 일본인들이 차지하고 있었다. 그 당시 부산에서 대표적인 일인(日人) 상가의 하나가 다름 아닌 부평동 사거리였다. 그런 가운데서 조선 사람의 집은 달랑 넷뿐이었다. 네 집 모두 사거리의 교차점에 있던 경찰 파출소에서 서편으로 자리 잡고 있었다.

첫 번째 집은 생과자 가게로 순금이라는 이름의 또래 소녀가 살았다. 그 다음은 자전거 가게로 호준이라는 이웃집 형이 살았고, 그 옆은 양복점인데 옥련이라는 이름의 누나랑 나는 사이가 좋았다. 바로 그 옆이 우리 집이었는데, '마사무네야 혼텐', 한자로 쓰면 '정종옥 본점(正宗屋 本店)'이라는 간판을 내걸고 일본 술 정종을 도매로 팔았다.

한데, 그 네 집 조선인 가게의 둘레가 온통 일본인 가게나 사무실로 채워져 있었다는 것은 무엇을 의미할까? 달랑 네 집만이 일본인 거리 한복판에 자리 잡고 있었음은 어떤 의미를 가질 수 있을까?

두 가지로 풀이가 될 것 같다. 하나는 부정적이거나 소극적인 의미, 다른 하나는 긍정적이고도 적극적인 의미다. 치사하게도 한국을 식민지로 만든 그 악랄한 일본인과 동화해서는 친일파가 된 것이라고, 그래서 그들 앞에 백기를 든 것이라고 풀이한다면, 스스로 제 얼굴에 침 뱉는 꼴이 될 것이다. 한데 정반대로 풀이할 수도 있을 것 같다. '누가 뭐래도 여긴 우리 조선 땅이야! 우리 부산의 한복판이야. 한데 너희네 일본인들만 판치고 우쭐대는 꼴은 차마 봐 줄 수 없어. 그건 용서 못해.' 이렇게 팔 걷고 나선 것이라고 풀이 못할 것도 없지 않는가. 겨레의 자존심을 드높이고자 눈에 보이지 않는 의거(義擧)의 깃발을 나부낀 것이라고, 가슴을 활짝 펼 수도 있을 것 같다.

이 두 가지 풀이 가운데서 나는 어느 쪽을 택해야 하는 걸까? 남들에게는 뻔뻔하게 보일지도 모르겠으나, 아무래도 백기를 든 것은 아니라고 자처하고 싶다. 그 당시 마음속으로 올린 의거의 깃발이 펄럭이는 소리를, 오늘날 부평동 사거리에서 들을 수 있기를 간절히 바라고 또 바란다. 알짜 부산 놈으로 어린 철을 보낸 긍지가 그곳에 살아 있기를 빌고 싶다.

부평동 '사거리' 시장에서

오늘날 중구 부평동의 '부평시장'을 일제강점기만 해도 조선인들은 '사거리시장'이라고 불렀다. 1910년에 처음 문을 열었던 부평시장은 1915년 한때, 부산부에서 직접 운영하고 관리하는 '부영(府營)시장'이기도 했다. 1910년이면 한일합방이 성립된 바로 그해다. 조선을 식민지로 집어 삼킨 일본인들이 합방하자마자 이내 저들이 주관하는 시장을 만든 것이니, 그런 면에서 부평시장은 일제 식민 정책의 제일선이고 최전방이었던 셈이다.

한데 필자가 유소년 시절을 보낸 1930~40년대 부평시장은 아주 큰 시장이었다. 그 당시로는 부산 시내에서 비길 데 없는 가장 큰 시장이었다. 전국적으로도 규모가 큰 공영(公營) 시장이었다. 해방하고 한참 뒤에는 국제시장이 어깨를 겨룰 수 있었지만 그건 아주, 아주 나중 일이다.

시장 규모는 엄청 컸다. 전(廛)들이며 점포가 늘어선 가운데로 제법 넓은 통로가 십자를 그리면서 나 있었다. 시장 안은 질서 정연하게 구획되어서 어디를 보나 반듯했다. 말이 시장이지, 실질적으로는 부평동 2가 전체를 차지하는 시가지였다. 가게를 화려하게 차린 2층짜리 집들이 사각형으로 구획을 가름하면서 무리 짓고 있었다.

일본인 상인들이 차지한 공간은 그랬지만 조선인 장사꾼들이 들어앉은 공간은 달랐다. 일본인들이 차지한 공간 바깥에 어설프게 곁다리로 달라붙은 꼴이었다. 반쯤은 노점이다시피 했다. 천막이 쳐진 아래에 판자로 얼기설기 어른들 무릎 높이만큼의 진열대를 전(廛)으로 삼아서 장사를 했다.

일본인들이 차지한 시장의 한 공간에는 생선 파는 어물전이 있었다. 1930~40년대만 해도 남해안에서 잡힌 아주 싱싱한 해물을 사고팔았다. 그 신선도는 다른 지역 시장의 어물전으로서는 어림도 없었다. 꼬맹이 필자는 횟감을 사러 나선 어머니를 따라 현장에 가 보기도 했다. 즉석 초밥을 냠냠거리고는 사 먹기도 했다. 그래서일까? 지금도 식탁에 오르는 생선

1920년대 부평시장

오늘날 부평시장

의 맛을 두고는 몹시 까탈을 피우곤 한다. 그것은 부평시장의 생선 맛 때문이다.

조선인 상인들의 공간은 밤이면 우리 꼬맹이들의 놀이터가 되었다. 상인들이 가 버린 그 빈터나 다름없는 터전에서 우리들은 술래잡기를 하고 숨기놀이를 했다. 물건을 늘어놓는 제법 높다란 나무판자 진열대 위를 뛰고 달리는 것이 여간 신명나질 않았다. 이쪽 진열대에서 저쪽 진열대로 멀리뛰기를 하면, 판자가 짓밟히면서 쾅쾅! 소리가 울려 퍼지는 게 우리들의 흥을 돋우었다. 그 꽈당대는 소리는 우리들의 초저녁 장애물 경주를 부추기곤 했다. 상인들이 그걸 보면 질색하고는 야단을 칠 게 뻔했지만, 우리 꼬맹이들은 전혀 개의치 않았다.

일부 조선인 전(廛)에서는 아이들을 위한 과자를 팔았다. 한데 보통 제대로 된 과자를 파는 것에 겸해서 부스러기 과자도 팔았다. 그걸 우리 꼬맹이들은 '뿌시래기' 라고 했는데, 온전한 과자를 만드는 과정에서 조각나서 부서진 것들, 말하자면 찌꺼기를 일컫는 말이었다. 어쩌면 버려 마땅한 것을 애들 상대의 상품으로 팔아 치우곤 하던 것이라고 해도 괜찮을 것 같다.

그 싸구려는 동전으로 일 전짜리 하나만 가지고도 한 봉투씩 얻어 챙길 수 있었다. 그래서 우리 꼬맹이들은 누구나 '뿌시래기 단골' 이었다. 당연히 우리 부모님들은 뿌시래기를 못 사먹게 했다. 그런데도 나는 자주 그 금지령을 어기곤 하다가 한번은 된통 벼락을 맞았다. 몰래 뿌시래기를 사서 집 뒤편에 숨다시피 해서는 냠냠거리고 먹다가 그만 아버지에게 들키고 말았던 것이다.

'그렇게 일렀는데도, 이놈이!'

노기충천한 아버지는 봉투를 낚아챘다. 그러고는 세차게 지붕 위로 내던졌다. 순간 뿌시래기 가루가 내 얼굴에 그리고 입가에 엉겨 붙었다. 뒤로 돌아선 나는 입가의 진미(珍味)를 혀로 핥았다. 계속 냠냠거리는 나의 벌서기는 그래서 맛있었다.

부용동, 영생유치원과 항서교회에서

1938년 여섯 살 먹던 그해에 나는 유치원을 다녔다. 그 당시 유치원은 흔치 않았다. 지금으로 쳐서 부산시의 중구와 서구에 들게 될 그 넓은 지역에 조선 아이들이 다니는 유치원은 단 한 곳뿐이었다. 하긴 초등학교도 하나뿐이던 시절이라 당연했을지도 모른다.

유치원은 '영생유치원' 이라고 했다. 부민초등학교 뒤편 부용동 2가에 자리 잡고 있었다. 조선인들이 주로 모여 사는 주택가 한가운데라서 한적한 곳이었다. 유치원의 오른편을 흐르고 있던 제법 폭이 넓은 개울은 사시사철 물이 정갈했고 맞은편에는 탱자 울타리가 둘러 처진 꽤나 넓은 과수원이 있었다. 도시 치고는 꽤 맑은 전원 풍경이 곱게 느껴지기도 했다.

지금은 '놀이아유치원' 이라고 이름이 바뀐 그 옛날의 영생유치원은 항서교회에 딸려 있었다. 우뚝한 교회 뒷마당에 다소곳하게 자리 잡고 있었다. 오늘날도 당당히 현장에 위치하고 있는 항서교회는 근 백 년 전인 1905년에 창립된, 부산서 가장 오래된 장로교회다. 그러니까 부속 유치원의 역사도 거의 한 세기에 가까울 것 같다.

부평동 네거리 우리 집에서 유치원까지는 상당히 멀었다. 집을 나서서 보수동 3가의 주택지를 거쳐 보수천 다리를 건너고 다시 부용동으로, 거기에 서대신동 산비탈까지 거의 다 간 지점이라 여섯 살짜리 꼬마에겐 버거운 거리였다. 근 십 리, 그러니까 4킬로미터에 가까웠다.

그 무렵 유치원 학생은 드물었다. 앞에서 말한 대로 지금 부산의 중구와 서구를 통틀어서 겨우 30명가량이 전부였다. 하지만 다행히 유치원 다니는 길이 늘 혼자는 아니었다. 훗날 부산대학교 상과대학의 교수가 된 김일곤의 집이 보수동이라서 유치원 가는 도중에 만나 함께 다니는 날이 많았다. 그러나 워낙 멀다 보니, 아주 가끔은 무단결석을 하고는 중간의 경남도청 정원에 들러 만화를 읽기도 했다. 그것은 나의 온 생애에 걸친 최초의 역사적인 사보타주였다. 그러나 유치원 갈 적마다 가지고 다니던 수첩 같은 작은 출석부에 도장을 받아 오게 되어 있었기에 오랜 시간 빼먹을 수는 없었다. 도장을 받으려면 유치원 일과를 마치기 전에 가긴 가야 했다. 꼬맹이치고는 영리했던 걸까? 아니면 여우 같았을까? 스스로 물으면 혼자 빙긋하게 된다.

주일이 되면 항서교회에 가서 우리 유치원생만을 위한 예배에 참가해야 했다. 한데, 예배 마치고 치러지는 행사가 더 좋았다. 일본말로 '가미시바이' 라고 하던, 만화로 된 동화를 목사가 연사(演士)가 되어서 읽어주는 재미와 그때마다 얻어먹던 캔디 맛에 홀려서는 개근을 했다. 그런 중에 어느 날, 사달이 났다. 기도하기 전 꼬맹이들이 왁자하게 떠들어댔는데, 막 들어선 목사가 조용히 하라고 소리쳐도 그날따라 무슨 곡절인지 좀체 소란은 가라앉지 않았다. 그러자 목사가 소리쳤다.

'너희들 계속 소란을 떨면 말이야. 바로 지옥으로 간단 말이야!'

그러면서 목사는 연단 옆 마룻바닥을 가리켰다.

'여기 밑으로 큰 구멍이 나 있어. 덮어 둔 뚜껑을 열고 거기 너희들 가운데 떠드는 녀석을 밀어 넣으면 곧장 지옥으로 떨어지게 돼!'

나는 무서웠다. 파랗게 질려버렸다. 그 뒤로는 주일날 교회 문 앞에 서서 연단을 바라보기만 해도 다리가 떨렸다. 다시는 교회에 가질 못했다. 그것은 나의 온 생애에 걸쳐서 유일하게 경험한 '파라다이스 로스트', 이를테면 '천당 추방'이 되었다.

‘나가테 도오리(광복로)’의 야시장에서

지금의 광복로를 일제강점기에는 ‘나가테 도오리’라고 했다. 한자로는 ‘長手通’이라고 썼다. 억지로 풀이하면 ‘긴 팔 뻗친 것 같은 거리’쯤이 될 것 같은데, 필경 ‘긴 거리’란 뜻이 아닌가 싶다. ‘나가테 도오리’는 1930~40년대에도 부산 전체를 통틀어서 가장 번화한 거리였다.

그 당시 부산의 인구는 고작해야 20만 명 정도로, 지금 같으면 중소도시에 들기 딱 알맞았다. 시가지라야 대신동, 보수동, 부용동, 부민동이 포괄된 지금의 부산시 서구가 포함되고, 현재의 영도구와 중구 이외에 초량동, 수정동, 범일동에 걸친 지금의 동구 일부, 그게 전부였다. 인구는 지금의 15분의 1, 땅덩어리는 확실하진 않아도 5분의 1에도 미치지 못했다. 통계 숫자로는 인구로나 도시 규모로나 빈약했던 그 당시지만, '나가테 도오리' 는 자못 번성하고 흥청댔다.

전차가 다니던 길로 서쪽에서 부평동 1가를 거치면 이내 '사카에마치(昌町)' 였다. 오늘날 창선(昌善)동과 신창(新昌)동의 창(昌)자는 이 일본말 거리 이름에서 유래된 것이다. '사카에마치' 에 들어서면, 상점이 줄줄이 늘어선 거리의 오른쪽에 소화관(해방 후 동아극장)이 있었고 그 뒤편 남포동으로는 부산극장이 넘겨다보였다. 소화관 지나서 이내 반대편으로 훗날 문화극장이 된 보래관이 있었는데, 그쯤에서 '사카에마치' 는 끝이 나고, '나가테 도오리' 가 지척으로 내다보였다.

대청동에서 내려오는 큰길과 창선동 파출소를 끼고 나오는 좁은 골목이 어울려 나가테 도오리와 합쳐지는 지점에는 별로 크지 않은 로터리가 있었는데, 그 언저리에서부터 '나가테 도오리' 는 본격적으로 시작되었다. 그 로터리를 떠나서 번들거리는 상가를 거치면 이내 '용두산 신사(지금의 용두산 공원)' 앞을 지나게 되어 있었다. 뒷날, 남포동 쪽으로 달리게 된 전차도 '용두산 신사' 앞을 그냥 지나치지는 못했다.

'용두산 신사 앞!' 이라는 차장의 고함 소리가 떨어지면, 전차 안의 승객들은 모두 일어서서 용두산을 향해 큰 절을 해야 했다.

아무튼 '용두산 신사' 앞을 지나면 백계• 러시아인들이 경영하는 양복 가게들이 몇 집 줄지어 있는 것과 마주쳤다. 어린 철인데도 그것은 야릇한 느낌을 나에게 풍겨 주었다. 소상하게는 몰라도 제 나라며 제 고향을 잃고는 아예 인종이 다른 이역에 와서 살면서 큰 상점을 경영하고 있는 것이, 때로는 낭만적으로 느껴지고 때로는 애처롭게 느껴지기도 했다. 그 러시아인들의 옷가게가 끝나는 지점에는 지금의 동광동으로 빠지는 골목이 나 있었다. 거기를 스쳐 지난 다음, 동쪽 끝에 있던 상생관(훗날 부민관 · 시민관)이란 이름의 극장 건너편으로, '미나카이' 백화점과 그 바로 옆의 옛 부산부청(府廳) 청사가 넘겨다보이던 지점에서, 지금으로 치면 롯데백화점이 넘겨다보이는 지점에서 '나가테 도오리' 는 끝이 났다.

한데 그 '나가테 도오리' 에는 정해진 날 밤에 눈부시게 야시장이 열리곤 했다. 우리 집에서 그렇게는 멀지 않았기에 막내 숙부를 따라서 자주 장을 보러 나섰다. 밝게 조명을 비추면서 거리 한복판에 포장을 깔고는 갖가지 물건을 파는 전들이 한 줄로 '나가테 도오리'의 거리를 차지하고 있었다. 그 가운데는 동화며 만화책을 파는 전도 끼어 있었는데 그 앞에 웅크리고 앉아서는 '노라쿠로'라는 개가 주인공 노릇을 해내는 신나는 만화 말고도 마음 내키는 만화를 뒤적거리는 재미가 사 보는 재미 못지않았다.

그렇게 '나가테 도오리'의 야시장은 화사하게 밤거리를 빛내곤 한 것인데, 반세기가 훨씬 더 지난 오늘날, 광복로의 밤거리, '빛의 거리'라고 불릴 만큼 휘황찬란한 밤거리에 그 전통을 넘겨주고 있다.

● 1917년 러시아 혁명 때 혁명을 반대한 러시아인의 한 파(派). 혁명 당시 좌익적인 파가 붉은색을 그들의 상징으로 삼은 데 대하여 보수적인 반대파는 흰색을 그 상징으로 삼았기 때문에 이렇게 불렀다.

전차에 얽힌 추억

요즘 부산의 젊은 세대들은 옛날에, 반세기도 더 전의 과거에 부산 시내에 전차(電車)가 다녔다면 믿을까? 믿지 않는 정도가 아니라, 아예 '전차 그게 뭔데?' 하고 의아해할 것 같다. 심지어 '전차라니? 아, 탱크!' 하고 나설지도 모르겠다. '노면 전차' 라고도 하는 전차는 전기로 달리는 차다. 공중에 달린 전깃줄에서 전력을 받아서 레일 위를 달리는 것이 특색이다. 주로 시내의 큰 거리를 누비고 다녔다.

부산 시내를 전차가 달리던 그 시절이 그립다. 시가지에 길게 깔린 레일을 따라 내달리던 노면 전차의 모양새가 새삼 보고 싶다. 버스 크기만 한 몸체가 좌우로 흔들대면서 그 질주하던 정경이 거듭 눈에 선하다. 옛 시절 시내를, 그것도 거리의 한복판을 내로라하고 달리던 그 모습은 위세 당당했다.

1952년 전차 충돌 사고 현장

1935~1936년 경 중앙대로

우르르, 우르르! 달리다가는 중간 중간, 꽈당꽈당! 울려 퍼지던 바퀴의 굴림이 다시금 귀에 선하다.

레일 위의 공중에는 트롤리선이라는 전선 비슷한 것이 펼쳐져 있었다. 거기서 전력을 끌어들이는 기다란 쇠장대, 트롤이라고 부르던 쇠장대가 전차 지붕 위로 달랑대는 모양새가 무슨 장난을 치는 것 같이 보이기도 했다.

일제강점기에 전차가 다니던 도시는 경성과 평양 그리고 부산, 단 세 곳뿐이었다. 그래서 전차는 대도시의 상징 같은 것이기도 했다. 그 당시, 그러니까 필자가 유소년이던 1930~40년대 무렵에 부산의 전차 노선은 제법 부산했다. 몇 가닥으로 나뉘어 있었던 것이다.

대신동 구덕운동장 앞에서 시작해서는 부민동, 토성동 그리고 '나가테(지금의 광복동)' 와 부산역 앞을 거쳐 종점인 범일동까지 가는 것이 가장 길고도 요긴한 노선이었다. 그리고 똑같이 구덕운동장에서 출발해서 부민동의 옛 부산재판소 앞에서 왼편으로 꺾어지는 노선도 있었다. 이 노선은 부평동과 대청동을 거쳐서 부산역까지 갔다. 그런가 하면 영도 남항동에서 영도다리 건너 부산역 사이를 내왕하는 선로도 있었다.

이들 세 가닥의 시내 노선과는 달리, 신좌수영(부산진과 범일동 중간 지점, 지금의 부산역 근처)에서 서면이며 거제리 그리고 동래읍을 거쳐서 동래 온천장까지 가는 교외선도 뻗어 있었다. 묵은 시대에 거제리의 들판을 달리는 것도 통쾌했지만, 그보다는 동래읍을 전차가 달릴 때 창밖에 끝도 없이 펼쳐지는 거대한 연꽃 밭은 여간 장관이 아니었다.

1930년대만 해도 모두 45대의 노면 전차가 '남전' 곧 남조선전기주식회사에 의해서 운영되고 있었다. 정류장은 모두 30개가 더 되었고 레일 길이는 20킬로미터를 넘었다. 인구가 20만 명에 못 미치던 도시로서는 규모가 큰 편이었다.

부산 전차는 지금으로부터 근 100년 이전인 1915년에 그 일부가 개통되어, 1968년에 철폐되기까지 반세기를 훌쩍 넘는 동안, 시민들의 유일한 대중교통 수단으로 사랑과 아낌을 받아 왔다. 전차가 철폐된 이유는 버스며 트럭 그리고 승용차의 통행이 많아지면서 복잡해진 시내의 교통 사정을 완화한다는 것이었다.

지금은 그 유적만이 가까스로 몇 곳에 남아 있을 뿐이다.

영도 남항동 옛 전차 종점 자리와 대신동 종점 자리에 각기 바위에 새겨진 기념비가 서 있다. 하지만 그나마 전차가 남아 있어 다행이다. 동아대학교의 구덕(대신동)캠퍼스에는 전차가 박물관 소장품처럼 보관되어 있다. 아니 모셔져 있다. 대형과 소형 두 가지가 있었는데 그중 소형이 귀태를 내면서 전시되어 있다. 그 차체 안에 들어서면 금방이라도 내달릴 것 같은 기색이 역력하다.

부평동 사거리의 우리 집 앞은 신작로였다. 지금으로 치면 4차선이 넘을 포장된 한길이었다. 거길 전차가 다녔다. 부민동 쪽에서 내려온 전차는 우리 집 앞을 지나 대청동 쪽으로 달려가곤 했다. 한밤중 잠결에도 레일을 굴러가는 전차 소리가 울려 퍼지곤 했다.

그런 전차를 우리 꼬맹이들은 장난감처럼 가지고 놀았다. 그것도 무려 세 가지에 걸쳐서 전차와 함께 놀았다. 저만큼 사뭇 멀리서 전차가 오고 있는 것을 눈으로 확인한 다음, 전차 궤도에 허리를 굽히고 비스듬히 드러눕다시피 해서는 레일에 귀를 갖다 붙였다. 그래서는 우륵우륵! 울리는 레일의 진동을 즐기곤 했다. 귓속만이 아니다. 온 살갗, 온몸이 그 울림을 실감하곤 했다. 그것은 전차 다니는 한길에 살고 있는 꼬맹이의 특권 같은 것이었다. 그게 자랑스럽기도 했다. 도시의 아이, 도회지의 소년다운 긍지가 넘치기도 했다.

두 번째는 경주였다. 정거장이 가까워지면서 서행하는 전차와 누가 빨리 가나 겨루기를 했다. 그 당시는 부산 인구가 20만 명을 넘지 않았던 시대여서 자동차가 거의 다니지 않았던 덕에, 전찻길은 우리들의 육상 경기장이 되고도 남았다.

하지만 이걸로 그치지 않았다. 세 번째 놀이를 우리 꼬맹이들은 전차 덕택에 누리곤 했다. 사이다 병이나 맥주병의 뚜껑을 놀이딱지로 만드는 데 전차를 이용했다. 우리 집이 마침 주류 도매상이라서 그런 작은 병의 쇠뚜껑을 모으기는 어렵지 않았다. 동글한 쇠뚜껑을 전차 레일에 줄을 맞춰 깔아 놓으면 전차 바퀴가 그 위를 지나가면서 짓눌렀다. 그것은 동전 닢과 모양새가 거의 같았다. 그걸로 우리들은 '유사 돈치기'를 했다. 일 전짜리 동전을 멀찍하게 던져 놓고는 돌을 던져서 찍어 맞히는 대로 제 몫으로 삼는 놀이를 '돈치기' 라고 했는데, 전차에 깔려서 납작해진 쇠뚜껑을 돈치기하듯 가지고 논 것이다. 이런 괴짜스런 세 가지 놀이, 전차와 함께 어울려

즐긴 이들 놀이는 우리들을 한층 도시의 꼬맹이답게, 부산의 아이답게 자라게 해주었다.

하지만 전차에 얽힌 참극의 장면도 떠오른다. 시기는 필자가 초등학교 상급반 학생이던 때다. 현장은 보수동과 부민동 그리고 동 · 서대신동 등 네 고을이 마주 보고 있는 네거리, 대신동 종점에서 한 정거장을 거쳐 전차가 지나가게 되어 있던 그 네거리다.

대신동에서 계속 경사진 내리막길을 달려오던 전차가 네거리 건너의 맞은편 큰 가게에 돌입했었다. 그것도 옆으로 넘어져서는 엎드린 꼴로 건물 안으로 들이박힌 것이다. 마침 부민초등학교에서는 멀지 않은 곳이라서 소문을 듣고 현장으로 달려간 우리 꼬맹이들은 다들 넋을 잃고는 그 참혹한 현장을 지켜보았다. 숨도 재대로 쉴 수가 없었다. 태어나서 처음 보는 참변의 현장을 대하면서 눈물을 흘리는 아이도 있었다. 모르긴 해도 과속이 붙은 채로 탈선해 10여 미터쯤 미끄러진 끝에 전복하고는 건물과 충돌했으니, 사상자가 나지 않을 수는 없었을 것이다. 운전사나 승객만이 아니고 가게 사람들 가운데서도 희생자가 났을 것 같다.

그것은 부산 전차의 역사에서 가장 큰 참사가 아닐 수 없었을 것이다. 한데도 필자가 전차에 부치는 그리움은 그 탓에 지워지지는 않는다. 내 추억 속에서 부산 전차는 참변의 그늘을 넘어 지금도 달리고 있다.

용두산 신사에서
일본 신들에게 절하고

용두산은 한자로 龍頭山이라고 쓴다. 용머리 산인 셈이다. 이와 짝지어서 용미산, 곧 용꼬리 산도 있었는데, 지금은 시민들 기억에서 영영 사라진 것 같다. 용두산에 관해서는 익살맞은 전설이 전해지고 있다.

먼 옛날, 용두산이 지금의 자리에 우뚝 서기 전의 일이라고 한다. 어디쯤 될까? 대청동이나 어디 그 근처의 개울에서 웬 아주머니가 빨래를 하고 있었다. 한참 일하고 있는데, 뭔가 둘레의 기척이 이상했다. 문득 개울이 넘치고 땅이 떨렸다. 놀란 아주머니가 무슨 일인가 하고 둘레를 살피는데, 아니 이게 무슨 괴변이람! 눈앞에서 산이 움직이고 있었다. 바

일제강점기 용두산 신사

다를 향해서 조금씩 자리를 옮겨가고 있었다. 믿을 수가 없었다.

"어마나, 산이 움직이다니!"

아주머니는 얼결에 소리쳤다. 그러자 움직이던 산이 문득 멈춰 섰다. 그래서 용두산이 오늘날의 그 자리에 우뚝 솟게 되었다는 것이다.

전설 치곤 묘한 전설이다. 지리나 지형을 두고는 하고많은 전설이 각지에 전해지고 있지만, 산이 움직이다가 멈춰 서게 되었다는 얘기는 흔할 것 같지 않다. 용두산은 전설적인 배경부터가 특출하다. 대청동, 신창동, 중앙동, 광복동 등에 걸친 가장 번화한 시가지 한복판에 마치 육지 속의 섬처럼 우뚝 솟은 그 지형이 그런 전설과 어울려 보인다.

아무튼 용두산은 부산의 명물이고 명소다. 부산을 찾는 외지 사람들에게 부산을 대표하는 명승지가 된 것은 당연하다고 해야 할 것이다. 광복로에서 에스컬레이터를 타고 오르거나 돌계단을 올라서면, 정상의 광장에 다다른다. 그 현장은 예사로 화사하고 장려한 게 아니다. 한복판에 부산타워가 높다랗게 하늘로 치솟아 있고 그 아래에는 이순신 장군의 동상이 위엄을 떨치고 있다. 금세라도 용트림하고는 날아오를 기세가 위협적이기까지 한 용탑은 그 현란한 조형미를 돋보이면서 용두산의 정기와 부산시민의 기개를 대변하고 있다. 뿐만 아니다. 종탑 말고도 각종 기념관이며 전시관이 줄줄이 방문객을 반긴다.

그런 광장에 서서 누리게 되는 전망은 용두산이 아니면 어림도 없을 경관을 감상케 한다. 온 세계를 통틀어서 가장 아름다운 항구의 하나에 들 부산항의 전경이 눈에 든다. 샌프란시스코, 시드니, 밴쿠버 등과 함께 마땅히 세계적인 미항(美港)으로 손꼽아야 한다. 시가지며 부두를 앞에 두고는 북항과 남항이 그림처럼 펼쳐진 그 정경을 대하면서 사람들은 오직 경탄할 뿐이다.

한데 일제강점기에는 바로 용두산 광장 그 자리에 일본인 신사(神社)가 자리 잡고 있었다. '류토잔 진자' 라고 일컬어진 그 신사에는 일본 신화의 주인공급 신들 가운데서도 최고의 신이 모셔져 있었다. 우리들 초등학교 소년, 소녀들은 용두산 신사에 이른바 '신사 참배' 를 해야 했다. 부민동에 있는 부민초등학교에서 용두산까지 제법 먼 길을 6학년 꼬마들은 단체로 걸어서 갔다. 십 리는 더 되게 걸은 끝에야 대청동에서 용두산의 산길에 들어설 수 있었다. 그리고 비탈진 숲길을 반의 반 마장 정도 더 걷고서야 겨우 신사에 도착했을 때는 다들 지쳐 있었다. 교사의 지시를 따라서 일본 신에게 허리 굽혀 큰 절을 했다. 한목소리로 일본이 전쟁에 이기게 해 달라고 빌었다. 조선 아이로서가 아니라, 일본 국민으로서 그렇게 했다.

> 필승을 다지는 아침 참배,
> 위대한 신을 우러러
> 큰 절 올리면서
> 적들을 수백, 수천 무찌를
> 힘을 갖추겠다고
> 오늘도 또 신사에서 다짐했다

이런 투의 군가를 합창하기도 했다. 그런 어릿광대 노릇을 하곤 했다. 그런 곳이 우리 어린 시절의 용두산이고 또 용두산 신사였다. 한데 이제 일본 신사와 신들이 철거당한 그 자리, 용두산 공원에는 임진란의 영웅, 이순신 장군이 위용도 당당히 서 있다. 이것을 일러서 역사적 필연이라고 해야 옳을 것이다.

소년 독립투사의 투쟁

앞에서 말한 바와 같이 나는 꼬맹이 시절, 그러니까 1930~40년대에 부평동의 일본인 거리 한가운데서 자라났다. 조선 사람의 집이라고는 단지 넷뿐이었데, 그게 온통 일본인 집으로 에워싸여 있다시피 했다. 조선인으로서는 일본인 바다에 떠 있는 쪽배와도 같았다.

그러다 보니 꼬마 시절부터 이웃의 일본인 아이들과 사귀게 되고 일본말도 곧잘 할 수 있었다. '국어 상용', 이를테면 조선인도 일본어를 국어로서 항상 사용토록 하라는 정책이 조선총독부에 의해서 강요되기 훨씬 이전부터 나는 일본말을 씨부렁댔다. 그런 꼴로는 갈데없는 친일파였던 셈이라고, 지금으로서는 참회해야 마땅할 것이다. 바로 옆의 또 다른 조선인 집에 살던 이웃집 형은 '무슨 짱' 이라고 불리곤 했는데,

이 '짱' 이란 말은 일본인들이 어린아이 이름 밑에 붙이는 호칭이다. 그 형의 이름은 조선인의 조선인다운 이름이었는데도 그 마지막 한 문자는 일본식으로 발음되었다. 아무리 철없던 시절이라지만, 지금으로서는 부끄럽기 이를 데 없다고 해야 한다. 형과 나는 그런 환경에서 그 비슷하게 자라났다.

한데도 조선인은 역시 조선인이었다. 피는 못 속인다는 것은 이를 두고 하는 말일지도 모른다. 그 이웃집 형과 나는 가끔 항일 투사로 나섰다. 감히 안중근 의사까진 못 되어도 일본인에 대한 레지스탕스 운동을 우리 나름으로 드물게나마 해내곤 했다.

1930~40년대 당시, 지금으로 쳐서 부산의 중부와 서부에 해당되는 그 넓은 지역, 그것도 중앙동에서 영주동으로 가는 영선고개 너머 남쪽 지역에서 조선인 아이들을 위한 초등학교는 오직 셋이 있었는데, 부민초등학교는 그중 하나였다. 하지만 같은 지역 안에 일본인 초등학교는 넷씩이나 되었다. 지금의 남일, 토성, 동광 등의 학교는 일본인 학교였는데, 차례로 제1, 제4, 제7소학교라고 불렀다.(동광초등학교의 경우 1998년에 폐교가 되어 남일초등학교와 통합하여 오늘날의

광일초등학교가 되었다.) 이 밖에 해방 후 한때 부산사범학교가 자리했던 대신동의 제2소학교 역시 일본인 학교였다.

그 무렵 조선인 초등학교는 보통학교로, 일본인 초등학교는 소학교로 일컬어지면서 그 이름부터 이미 차별화되어 있었다. 그런 상황 속에서 같은 지역의 조선인 초등학교 수와 일본인 초등학교 수가 '3 대 4' 의 대비를 보였던 것이다. 아무리 식민지라지만 해도 해도 너무 했다고 지금 생각해도 이가 갈린다. 그렇게 일본인 초등학교가 우세하다 보니, 절로 우리 조선인 초등학교와 비교가 되었다. 가령, 훗날 광복 후 남일국민학교가 된 제1소학교를 처음 구경 갔을 때 받은 충격은 너무나 컸다. 교사의 건물 규모부터가 달랐다. 본관은 3층짜리 콘크리트 건물로 어마어마했다. 운동장 한쪽의 수영장에는 물이 넘치고 있었다. 내가 다니던 목조 2층짜리 부민초등학교는 그 학교에 비하면 너무나 초라하게 느껴졌다.

그래서 숫구친 시기심 탓이었을까? 이웃집 형과 나는 전술을 짰다. 기회를 노려 일본인 소학교에 치고 들어가서는 본때를 보이자고 별렀다. 우리는 훗날 광복 후에 동광국민학교가 된 제7소학교로 원정을 가기로 했다. 우리 집이 있는 부평

옛 동광초등학교

동 네거리에서는 불과 반 마장 정도라, 몽둥이 하나씩을 어깨에 둘러메고는 적진까지 달려갔다. 마침 방과 후라서 운동장 여기저기엔 왜놈 학생들이 구더기 끓듯 하고 있었다. 우리 둘은 용감하게 운동장 안으로 들어갔다. 대문을 등지고 서서는 몽둥이 흔들어 대면서 냅다 함성을 질렀다.

"쪽발이 새끼들, 개새끼!"

기습을 당하고는 당황한 적들을 향해서, "용용 죽겠지!" 하고 우리는 뒤돌아서서 엉덩이를 흔들어 댔다. 그때서야 몇 녀석이 떼를 지어서 우리에게로 달려들 기세를 보였다. 우린 미리 준비해서 호주머니에 채워 둔 돌멩이를 기관총알처럼 쏘아 댔다. 녀석들이 뒤로 물러섰다. 우린 재빨리 대문 밖으로 나왔다. 그리고는 대청동 큰 거리로 해서 부평동 쪽으로 내달렸다. 한참 뒤에 패잔병들이 뒤쫓지 않는 것을 알아차리고는 몽둥이를 어깨에 메고 보무당당히 활보했다. 그것은 대승을 거둔 우리들 항일 투사의 개선 행진이었다. 1998년에 폐교가 된 동광초등학교 자리에는 기념비가 남겨져 있는데, 그 옆에 우리들 어린 항일 투사를 위한 비석 하나쯤 누가 세워주면 좋겠다.

현재 남아있는 동광초등학교 옛터

한데 꼬맹이의 항일 투쟁의 역사는 이로 그치지 않는다. 물론 미리 전략을 짜고 목적의식을 가지고 한 짓은 아니다. 놀다 보니 어쩌다 '항일 투쟁' 이라고 부풀려서 우쭐대 볼 만도 한 짓을 저지른 것뿐이다. 고작해야 심심한 나머지의 우연한 장난치기에 지나지 않았다. 갓 초등학교를 들어갔을 무렵이거나 2~3학년쯤 되었을 때의 일이니 그럴 수밖에 없었다.

그 무렵 부평동 3가는 이웃의 1, 2, 4가와 마찬가지로 순연한 일본인 거리였다. 그 당시 말대로 하면 '니혼진마치(日本人町, 일본인 동네)' 였다. 부용동 쪽에서 내려온 전찻길을 사이에 두고 맞은편에 있는 보수동도 마찬가지였다. '우편국(郵便局)' 을 끼고는 간장을 파는 커다란 가게며 잡화상 등 여러 상점들이 늘어서 있어서 여간 부산한 게 아니었다. 그래서 부평동과 보수동이 마주 보면서 전찻길을 끼고 있는 거리는 그 당시 부산으로서는 '나가테' 라고 부르던 지금의 광복동과 어깨 겨룰 중심지이고 또 번화가였다. 여간 으리으리한 중심가가 아니었다.

하지만 전찻길에서 한 발만 물러서면 어엿한 주택가였다. 부평동 쪽은 사통팔달로 통하는, 이차선 도로는 능히 될 만한 제법 넓은 골목길을 따라서 살림집들이 늘어서 있었다. 말할 것도 없이 일본인들을 위한 반질반질한 주택가였다. 2층짜리 집도 적지 않았다. 그러나 차가 다니지 않는 한갓진 곳이어서

온 골목이 우리들의 놀이터였다.

우리 집 옆으로 조선인의 집이 넷이 있었지만, 친구라고는 바로 옆집 자전거 가게의 형밖에 없었기에, 우리 둘은 언제나 단짝이 되어 골목 구석구석을 누비고 다니면서 놀아 댔다. 둘인데도 숨바꼭질을 하는가 하면 구슬치기나 자치기를 하기도 했다. 지금으로서는 아무도 믿지 않겠지만 잠자리채 둘러메고는 깽자리(잠자리)며 나비를 잡고 놀기도 했다.

하지만 그런 빤한 놀이에는 이내 지치고 말기 일쑤였다. 뭔가 특별 프로그램이 있어야 했다. 그런 중에 공교롭게도 양력 정월 초하루가 되면 우리 둘은 파격적인 전술에 돌입했다. 그 무렵 양력설은 순전히 일본인만의 명절이었다. 우리 조선인과는 아무 상관도 없었다. 하지만 일본인들은 법석을 떨어댔다. 집집마다 대문이나 현관을 그럴듯하게 치장하기 마련이었다. 그걸로 집들이 다름 아닌 설빔을 차려입는 꼴이었다. 현관이나 대문에는 '카도 마쓰' 라고 하는 생소나무 둥치를 세우고 그 위 지붕 아래층에는 감귤을 줄로 엮어 매달았다. 그걸로 새해를 축복하고 한 해 동안의 안녕을 빌었다.

한데 바로 그게 우리의 공격 목표가 되었다. 아무도 못 보는 틈을 타서 기습을 감행했다. 발로 차 생소나무를 쓰러뜨리고 기다란 작대기로다가 감귤을 낚아챘다. 순식간에 아수라장을 만들어 놓고는 희희낙락 우리는 도망질을 쳤다. 아니 작전상 후퇴를 하였다. 입에 문 감귤의 단맛이라니, 그 당시로서는 귀한 과일이었기에 그만큼 신나게 맛이 났다.

이래서 부평동 3가의 온 거리는 우리들 어린것들의 레지스탕스, 이를테면 항일 운동의 싸움터가 된 것이다.

부민 이겨라!
봉래 이겨라!

필자가 다녔던 부민초등학교는 부용동에 자리하고 있어서 부평동 집에서는 상당한 거리였다. 꼬맹이 걸음으로는 왕복에 한 시간은 넘게 걸릴 거리였다. 1학년 한 해 동안은 우리 집 가게 일을 맡아 보던 청년이 자전거에 태워서 통학을 시켜 주어서 편했다. 하지만 2학년이 되고부터는 혼자서 걸어 다녀야 했다. 여간 고되고 힘든 일이 아니었다.

그런데 필자가 초등학교를 다닐 무렵인 1930~40년대에는 부산 전체를 통틀어서 조선인 학생들이 다니던 초등학교가, 서부의 부민, 남부민, 대신 세 학교와 영도, 봉래, 초량, 수정, 부산진초등학교까지 모두 여덟 학교밖에 없었다. 그렇게 수가 적다 보니, '부산 보통학교 체육대회' 가 일 년에 한 번씩

가을에 대신동의 '구덕운동장' 에서 열리곤 했다. 육상경기 말고도 줄다리기 시합이 있었는데, 무려 반세기를 넘고도 10년이 더 지난 지금에도 그때 기억이 생생하다.

밀리고 당기고 하는 줄다리기를 지켜보면서 우리 꼬맹이들은 관람석에서 앞 다투어 소리 쳤다.

부민 이겨라!

봉래 이겨라!

서로 승리를 다짐하는 아우성이 푸른 하늘에 메아리치고 그것은 그것대로 또 경쟁을 벌이곤 했다.

이상하게도 우리 부민초등학교는 봉래초등학교와 자주 맞붙은 것 같다. 1895년에 부산의 조선인 학교로는 맨 처음으로 개교한 것이 봉래초등학교다. 그 다음 1908년에 영도초등학교가, 뒤이어서 1911년에 부산진초등학교가, 그 다음으로 1921년에 부민초등학교가 개교한 것인데, 역사가 오래된 학교일수록 서로 경쟁심이 더 불꽃을 튀겼던 것 같다. 그래선지 부민은 봉래와 자주 줄다리기로 맞붙었고 우리들 부민초등

1931년 부산공립보통학교(현 봉래초등학교)에서 열린 가을 운동회 장면

학교 꼬마들은, “부민 이겨라! 봉래 물렀거라!” 하고 기를 쓴 것 같다. 아니 악을 쓴 게 틀림없다.

상상만 해도 눈앞이 선해진다. 초등학교 꼬맹이들이 수십 명씩 줄지어 두 편으로 맞붙어서는, 굵다란 밧줄을 꼬나 잡고 밀고 밀리는 장관이라니! 거기에 응원하는 함성이 울려 퍼지면, 두 마리 용이 맞겨룬다 해도 그만한 장관은 연출해 내지 못할 것 같았다. 운동장 드넓은 공간이 따라서 진동을 하곤 했다.

한데 승부가 끝난 다음 사후의 일도 만만치 않았다. 우리가 이기면 운동장 정문에서 부민초등학교까지 긴 행렬을 지어서 승리를 기리는 대행진이 계속되었다. 십 리는 족히 될 전찻길 한복판을 차지하고는 ‘부민 이겼다!’를 절규해 댔다. 그럴 때면 멀리 내다보이는 자갈치의 푸른 바다도 장단을 맞추어 파도치곤 했다. 한데 지는 때는 야단이 났다. 기가 꺾여서는 고개를 숙이고 너덜너덜 걷다 말고는 죄 없는 거리의 전신주며 애꿎은 가로수를 못 살게 굴었다. 더러는 발로 차고 주먹으로 치고 하면서 비명을 질러 댔다.

‘다음에 두고 보자!’

하지만 이제 모두 지나간 이야기. 오늘날로서는 상상도 못할 일이 아닐 수 없지만, 그 초등학교 체육대회는 부산의 역사에서 푸르게, 싱그럽게 되새겨져야 할 것 같다.

'후잔닛보(釜山日報)' 에 글이 실리고

필자가 어릴 적부터 부산일보는 있었다. 일제강점기에 '후잔닛보' 라고 발음되던 '釜山日報' 는 부산으로서는 유일한 언론기관이었다. 일본인 아쿠타가와 씨가 이미 1907년에 창립한 것이라니 놀랍다. 한일합방 조약이 체결되던 1910년보다 3년을 앞섰으니 굉장한 일이다. 모르긴 해도 초량 등의 지역에 상주하고 있던 일본인들을 위한 소규모 팸플릿 모양의 간행물이었으리라고 생각된다. 그러다가 1919년에 정식 주식회사로 새로이 발족했다고 전해지고 있다.

이것을 한성(漢城) 또는 경성(京城)이라고 일컬어지던 당시 서울의 신문들과 비교해 보면 어떻게 될까? 총독부 기관지이던 '경성일보' 가 1906년에 창간되었고 그것이 민간인의

손으로 넘어가 간행되면서 '경성신문' 이 된 것은 1907년의 일이었다. 한편 한국인 유지들에 의해서 동아일보와 조선일보는 다 같이 1920년에 창간되었다. 그러고 보면 오늘날 '부산일보' 의 전신이라고 해도 큰 잘못은 없을 '후잔닛보' 의 역사는 전국적인 규모에 있어서도 가히 이 땅 언론계의 초창기를 빛내고 있다고 보아도 좋을 것 같다. 민간인에 의해서 간행된 신문으로만 치면, '경성신문' 과 나란히 1907년 이 땅 언론의 첫새벽에 창간의 종을 낭랑하게 울린 셈이다.

해방 이듬해, 그러니까 1946년에 '부산일보' 가 새로이 창간되면서 오늘날에 이르고 있다. 일제강점기의 '후잔닛보' 까지 거스르게 되면, 부산일보의 역사는 장장 100년을 넘는 셈이 된다. 그런 중에 6 · 25전쟁이 일어나서 중앙 정부가 부산으로 피난 온 당시, 중앙지들이 주춤하고 있던 사이에 부산일보가 전국적 규모에 걸쳐서 이 땅의 대표적인 언론으로 맹활약을 맡아 내었다는 것은 특별히 강조되어도 좋을 것이다.

이같이 오래고 푸른 역사를 지니고 있는 부산일보는 해방 직후부터 오늘날 수정동으로 사옥을 옮기기 전까지, 옛 부산역 광장의 맞은편에 자리 잡고 있었다. 오늘날 같으면 중앙동

1가에 해당될 지점일 것 같다. 지난 시절, 제1부두로 일컬어 지던 '연안여객선터미널' 에서 시내를 향해 뻗은 큰 길이 오늘날의 '광복지하도상가' 위를 지나는 중앙로와 마주치게 되는 그 한길 가에 2층짜리 큰 건물의 부산일보사가 위치하고 있었다. 뒤로는 40계단과 부산의 대표적인 번화가였던 중앙동, 동광동이 줄지어 있어서 여간 부산한 곳이 아니었다.

그런 부산일보사에서 1940년대에 초등학교 학생들을 대상으로 '작문 경시' 라고 할 만한 행사를 주최하였다. 주제는 응모자가 각자 알아서 잡게 되어 있었다. 초등학교 5학년 때쯤으로 기억되는 그 당시, 필자는 담임선생의 지시로 작문 경시에 응모했다. 나는 '부산 바다' 라는 제목으로 응모했다. 부평동 집에서 멀지 않아 자주 들르곤 하던 자갈치 바닷가의 풍광과 거기서 펼치곤 하던 장난질을 글로 옮긴 게 용케도 당선이 되었다.

학교로 통보가 왔다. 어느 특정한 날의 신문에 실릴 것이라고 했다. 당시 우리 집에서는 신문을 안 받아 보고 있었기에 반 마장은 더 될 길을 제대로 숨도 쉬지 않고 신문사로 달려갔다. 정문 앞 게시판에 내걸린 신문의 특정 칸에 당당히 실려 있던 나의 글! 글 제목과 나란히 빛나고 있던 나의 이름 석 자! (일제강점기, 일본식으로 바뀐 나의 이름도 석 자였다.) 그것은 내가 명색이 인문계 공부를 해서 글쟁이가 될 결정적인 단서로서 반세기가 훌쩍 넘은 지금까지도 생생하게 기억되고 있다. 나의 온 인생의 궤적에서 가장 찬연하게 빛나는 대목으로서 지금껏 뇌리에 새겨져 있다.

보수천 '검정다리'에서 물놀이

초등학교 4학년까지는 부평동에 살았는데, 5학년부터는 부민동으로 이사를 갔다. 그러자니 오늘날 부산 중구와 서구 일대가 나의 놀이터가 되었다. 중구로는 부평동을 비롯해서 보수동, 대청동, 신창동이며 창선동 등이, 서구로는 부민동을 위시해서 부용동, 대신동 등이 꼬맹이의 왕국이었다.

그렇게 넓은 왕국 중에서도 보수천 일대는 각별했다. 고원견산(지금의 엄광산) 아래, 동대신동의 골짝에서 흘러내린 보수천은 부용동, 보수동, 부평동, 토성동을 거쳐 자갈치로 해서 바다로 흘러들었다. 시가지 한가운데를 흐르는 개울치고는 제법 넓게 또 길게 흐르고 있었다. 부평동에서 부민동으로 통해 있는 한길을 가로질러서 흐를 즈음에는 강이라고 해도 괜찮을 만했다. 그 위에 걸린 다리는 2차선 넓이에 길이가

6·25전쟁 직후 보수천의 정경

10미터는 족히 넘었다.

그중에 보수동과 서대신동이 만나는 지점의 '검정다리'와 그 근처는 특히 재미났다. 동대신동 쪽에서 뻗어 온 한길이 보수천을 가로질러 보수동과 부평동으로 통하게 되어 있는 곳의 큰 목을 '검정다리'가 차지하고 있었다. 보수천 위에 걸린 다리의 교각이며 난간이 검은색이라고 해서 붙은 이름이 곧 '검정다리'였다.

그중에서도 부용동 쪽 다리목에는 별나게 장이 서 있었다. 여러 가지 물건을 파는 작은 전들이 제법 길게 줄지어 있었던 것이다. 노점도 있고 판잣집도 있었다. 한데 그 가운데는 기겁을 할 장면도 있었다. 어느 가게에서는 약을 팔았는데, 약초만은 아니었다. 처마 끝에 말린 약초 말고도 동물들이 주렁주렁 내걸려 있었는데, 그중에는 꿩이며 고양이와 족제비 따위 말린 것들이 거꾸로 매달려 있기도 했다. 약으로 쓴다는데, 우리 꼬마들은 호기심이 나도 무섭고 끔찍해서 그 앞을 피해 다니곤 했다.

바로 그 '검정다리' 아래는 꼬마들의 물놀이터였다. 물장구 치고 헤엄도 치고 하는 수영장이었다. 시내 한복판을 흐르는 개천이 수영장이라니, 지금으로서는 상상도 못할 일이다. 그 당시 검정다리 주변은 경남도청이며 부산재판소가 그다지 멀지 않는 곳이다. 그만해도 부산 시내의 요충지라고 해도 좋을 곳이다. 두 곳의 초등학교가 지척이기도 한 지점이다. 거기다 그 당시로는 번화가인 보수동 거리, 부평동 거리와 맞닿아 있는 곳이다. 그런 곳의 다리 아래 개울이 수영장이 되다니, 그야말로 호랑이 담배 피던 시절의 이야기가 아닐 수 없다.

오늘날 동아대학교 구덕(대신동)캠퍼스가 자리 잡은 동대신동 산골에는 큰 저수지가 있었는데, 그 골짝 깊은 곳에서 발원해 서대신동 산비탈을 따라서 줄기차게, 또 비교적 세차게 흘러내린 개울은 검정다리 교각이 받쳐진 둔덕을 넘어서면서는 얕은 폭포가 되어서 내리 쏟아졌다. 허옇게 물거품이 거칠게 이는 것이 시원해 보였다. 그 아래로는 널따란 물웅덩이가 패여 있었다. 깊지는 않아서 꼬마들 가슴에 못 미치는 정도였다. 맑은 계곡을 타고 내린 뒤라서 물은 충분히 맑았다. 풀장 치고도 일급 풀장이었다. 수영복도 걸치지 않은 꼬마들은 고추를 달랑대면서 제 세상 만난 듯이 놀아 댔다.

서로 물을 끼얹으면서 물싸움을 하는가 하면, 둔덕 위에서 아래 물웅덩이를 향해 개구리처럼 뛰어들기도 했다. 물론 헤엄을 치기도 했다. 그렇게 왁시글덕시글, 왁자지껄하게 아우성쳤다.

하지만 지금은 어떤 모습일까? 검정다리 아래도 위도 온데간데없다. 보수천 자체가 복개되었으니, 지금껏 말해 온 그 모든 사연도 복개되어서 묻히고 말았다. 모두 까마득한 옛날 얘기가 되고 말았다.

오늘날 검정다리 추억비

자갈치를 낚싯대로 휘저으면서

'자갈치', 그 이름이 워낙 별다르다. 개성이 강하다. 부산으로서는 자랑스러운 토박이 이름이다.

글쎄, 부산 시내의 지명이나 거리 이름으로 순종 토박이가 몇이나 남았을까? 가령, '초량(草梁)'을 토종 이름으로 바꾸면 어떻게 될까? '풀들' 쯤이나 될 게 아닌지 모르겠다. 서울 노량진의 노량(蘆梁)을 '노들'이라고 하는 데서 본을 따자면 '풀들'이 옳을 것 같다. 아니면 '초들'이라고 해도 잘못은 아닐 것 같다. 한편 양(梁)은 '둑 량' 또는 '징검돌 량'이라고도 읽지만, 다르게는 '발담 량'이라고도 읽는데, 물을 막아서 고기를 잡는 시설이라고 사전에는 풀이되어 있다. 이에서 유추하자면 '초량'은 바닷물을 막아서 물고기를 잡는 토목 시설이 있던 곳이라고 풀이될 것 같다. 초량 시가지 한가운데를 가로질러서 흐르던 큰 개울이 그 옛날, 초량극장이 있던 자리 곁을 지나고 기찻길이 깔린 철둑을 넘어서 바다로 흐르고 있었던 까닭에 이런 상상을 하게 되는 것이다.

그렇다 쳐도 부산 시내에 또 다른 토박이 지명이 많은 것 같지는 않다. 대티고개(서대신동에서 괴정으로 넘어가는), 까치고개(부민동에서 괴정으로 넘어가는), 범내골(범천동), 못골(대연동), 분개(대연동) 등등이 고작일 것이다. 한데 이들 토박이 지명이 으레 부산 치고도 교외 변두리에 자리 잡고 있는 데 비해서, 자갈치는 당당히 시내 한복판에 붙여진 이름이다.

1930~40년대만 해도 자갈치는 한갓진 변두리였다. 남포동 일대가 새로이 개척된 허허 벌판이었고 그 가장자리 바닷가의 자갈치는 변두리의 또 변두리였다. 당시 갓 쌓아 올린 둑을 끼고 남항 해변을 따라서 자갈치는 펼쳐져 있었다. 지금으로 치면 남포동 1가에서 6가까지에 걸친 해안선이 모두 자갈치였던 셈이다. 남포동 일대, 이를테면 오늘날의 자갈치역에서 남포동역까지에 걸친 구덕로 일대와 마찬가지로, 갓 개척되어 자갈이 깔린 곳이라고 해서 붙여진 지명이 다름 아닌

1920년대 복개되기 전 자갈치

'자갈치' 였다고 헤아려진다. 그 자갈치가 집에서 그다지 멀지 않았던 탓에, 나와 이웃집 형은 자주 들락거렸다. 미끼를 끼워서 낚싯대를 던지면 물고기들이 지천으로 걸려 들었다. 우두커니 앉아 있는 게 아니라, 낚싯대를 바다에 던진 채로 걸어가기만 해도 그랬다. 어쩌다 부산 말로 복쟁이라고 하던 복, 곧 복어가 잡히기도 했다. 복어 입으로 해서 배에다 잔뜩 바람을 불어넣고는 그 배가 풍선처럼 부풀면 땅바닥에 매쳤다. '빵' 하고 배가 터지는 게 재미났기 때문이다. 우린 '복 터졌다!' 고 함성을 질러 댔다.

그러다 지치면 줄줄이 서 있는 고깃배들을 놀이터 삼았다. 나란히 맞닿아 있는 뱃전과 뱃전 사이를 삼단뛰기하듯 했다. 나는 바싹 서로 붙어 있는 선복(船腹) 쪽에서 뛰기를 했는데, 이웃집 형은 서로 멀리 떨어져 있는 뱃머리 사이에서 그랬다. 나는 겁이 많았고 형은 용감했던 셈이다. 한데 그게 형으로서는 화근이 될 줄이야? 형은 잇따라서 뱃머리를 뛰어 넘는 중에 아차! 풍덩하고 그만 바다에 떨어지고 말았다. 겁에 질린 나는 뒤돌아보지도 않고 배를 내려서는 도망질을 쳤다. 내처 집까지 달리다시피 했다.

한데 그날 초저녁, 형네 집에서 과자를 구웠으니 형과 함께 먹으러 오라고 전갈이 왔다. 긴가민가하고 비실거리면서 갔다. 한데 형은 기적처럼 멀쩡했다. 뱃사람들이 그물을 던져서 구해 주었다고 자랑을 하는 게 아닌가! 그 모양새를 재미나게 그려 보이기도 했다. 그러면서 주춤대고 있는 나에게 과자를 먹으라고 권했다. 나는 그걸 용서로 받아들이면서 과자를 입에 가져다 물었다. 크게 한숨을 토하면서…….

대신동 고원견산에서 여우를 만나다

중학교 들어가기 전, 그러니까 초등학교 졸업반쯤 되었을 때의 일이다. 1943년 무렵의 일, 지금부터 반세기 하고도 근 십 년 전의 일이다. 그 당시로는 부산 교외의 변두리라고 해도 좋을 곳에서 여우를 만난 것이다.

당시 우리 집은 부용동의 보수천 개울가에 있었다. 그 개울 물소리를 듣고 아침잠이 깨곤 했다. 한데 필자는 어린 나이인데도 상당한 바람집이였던 모양이다. 어느 날, 보수천을 거슬러서 멀리 구덕운동장 근처까지 놀러 갔다. 근 십 리 가까운 길을, 잠자리채를 어깨에 들쳐 메고는 혼자서 덜렁거리면서 갔다. 동대신동의 주거지를 벗어나서 운동장을 왼편으로 두고는 그 맞은편 산기슭을 찾아들었다. 고원견산이었다.

고원견산은 한자로 '高遠見山' 으로 지금의 엄광산이다. 고원견산이란 명칭은 아무리 봐도 우리말 같지는 않다. 그렇다. 일제강점기에 일본인들이 붙인 이름이 해방 후에도 그냥 그대로 남겨진 것이다.

부산에는 일본인들이 남겨 놓고 간, 일본색 짙은 지명이 아직도 몇 곳 남아 있다. 부평동(富平洞)이 그렇고 초장동(草場洞) 역시 그렇다. 그런가 하면, 일제강점기에 붙여진 일부 동 이름이 해방 후에 바뀌어서 이른바 '왜색' 을 씻어 낸 곳도 있다. '다니마치' 라고 하던 '곡정(谷町)' 이 아미동(峨嵋洞)이 되고 '사카에마치' 라고 하던 '창정(昌町)' 이 신창동(新昌洞)이나 창선동(昌善洞)이 되고 '나가테(長手)' 가 광복로가 된 것은 그 본보기다. 그런가 하면 일본인들이 일본식으로 붙이긴 했어도 한국식과 통할 수 있는 지명은 그대로 남겨지기도 했는데, 토성동(土城洞)이 대표적이다.

이들 부산의 동명이나 지명과 견주었을 때, 고원견산은 전형적인 일본식 지명의 대표자 격이다. '고원견' , 그게 도대체 무슨 뜻일까? '높을 고' 에 '멀 원' 그리고 '볼 견' 이니 억지로라도 뜻을 헤아리지 못할 것은 아니다. 일본식으로 '高遠

見' 은 '다카토미' 라고 읽는데, 높은 데서 멀리 바라본다는 뜻이다.

그야 어떻든 간에 꼬맹이이던 나는 높게 멀리 내다보기 위해서가 아니라, 그냥 나비나 잠자리를 잡자고 해서 고원견산에 들어갔다. 지금으로 치면 동아대학교 구덕(대신동)캠퍼스 너머로 들어간 셈인데, 거기서 뜻밖에 묘한 것을 가까이에서 보게 되었다.

비교적 평탄한 곳을 마냥 들어가는데, 제법 큰 저수지가 시원하게 펼쳐져 있었다. 그것은 현장에서 그렇게 멀지 않은 구덕산 중턱, 그러니까 서대신동에서 사상으로 넘어가는 좁다란 고갯길 중턱에 있던 두 곳의 저수지와 함께, 당시로는 부산시의 상수도를 위한 대표적인 수원지였다. 나비며 잠자리를 쫓으면서 수원지 둘레를 한참 돌아쳤다. 들꽃들도 한창이던 때라 경치에 반하기도 했다.

그러다가 내친김에 저수지를 지나서 좁다란 골짝 길로 나도 모르는 새에 들어서게 되었다. 달아나는 잠자리를 뒤쫓는 것이기도 했다. 그러다가 잠자리를 채로 후려치고는 반사적으로 허리를 일으키는데, 저만치 뭔가 이상한 것이 눈에 들었다. 누른빛 털의 네발 산짐승이 아닌가! 갠가? 했지만 그게 아니었다. 꼬리가 별스레 길고 별로 크지 않은 몸통이 날씬했다. 얼굴과 입이 뾰족했다. 침입자를 바라보는 눈길이 으리으리했다.

아, 여우다!

그림책에서 보던 그대로였다. 나는 겁을 먹었다. 하지만 어쩌랴? 무심코 잠자리채를 앞으로 쑥 내밀었다. 흔들어 대기도 했다. 그러자 여우가 슬금슬금 뒷걸음을 쳤다. 그리고는 이내 숲속으로 내달았다.

살았다!

나는 풀썩 주저앉고 말았다. 길게 한숨을 토하고, 토하고 했다. 이래서 꼬맹이와 여우의 만남은 끝이 났다. 하지만 오늘날 그걸 믿을 부산시민이 많을 것 같지는 않다. 동아대학교 구덕(대신동)캠퍼스 그 뒷산을 여우가 돌아다니는 것은 오늘날로서는 불가능하기 때문이다.

까치고개 넘어 괴정으로

부산에는 서부에만도 '까치고개' 가 두어 곳 있는 것 같다. 전국적으로도 까치고개는 흔한 이름이다. 천마산 아래와 감천동에 예부터 까치라는 이름이 붙은 고개가 아직도 남아 있다. 하지만 부민동에 있던 까치고개는 거의 잊히고 만 것 같다.

1940년대 초엽, 경남도청의 남쪽 끝 뒷마당을 끼고는 부민동 주택가의 좁은 골목을 지나서 괴정으로 넘어가는 고개가 있었다. 말이 고개지, 좁디좁은 산길이었다. 그 산길을 까치고개라고 했다. 사람들 내왕도 거의 없다시피 했다. 꼬불꼬불, 제법 가파른 비탈길을 한참 올라가서는, 부산 말로 '만댕이' 라고 하는 마루턱에 올라서면 서쪽 아래로 괴정이 환하게 내다보였다. 일제강점기에 '고분도리' 라고 하던 서대신동

촌락 안의 언덕길과 통하게 되어 있던 '대티고개', 그 대티고개에서 내려오는 신작로가 하단 쪽으로 뻗어 있는 괴정 고을은 당시로서는 아주 작은 시골 마을이었다. 행정 구역으로는 동래군 사하면 괴정리였고, 서쪽으로 솟은 산기슭 아래로 논밭이 펼쳐진 들녘의 한 구석에 옹기종기 집들이 모여 있었는데, 가까스로 스무 남은 채 될까 말까 했다. 그게 괴정 마을의 전부였다. 마을 건너 길가에는 괴정이란 이름의 유래가 되었다는 커다란 회화나무가 정정하게 우거져 있었다.

묵은 시절, 지금부터 70여년 전 괴정 마을의 뒷산에는 공동묘지가 있었는데, 그 근처 우리의 사유지터에 할아버지의 묘소가 있었다. 우리 가족, 그러니까 아버지와 숙부 세 분 그리고 꼬맹이인 나까지 다섯 사람은 설이며 추석 명절과 한식을 맞아 성묘를 다니곤 했는데, 부평동 집에서 묘소 사이를 걷고 걸어서 왕복으로 꼬박 네 시간이 더 걸렸다. 따로 버스 따위의 교통편이 있을 리 없던 시절이었다. 까치고개를 넘어서 괴정 마을에 닿으면, 양씨 성을 가진 친지 집에 들르곤 했다. 인사를 차리고 목을 축인 다음, 돗자리와 낫을 빌려 들고는 묘소로 향했다.

초등학교 시절인데도 그 정경이 지금도 눈에 선하다. 추석이면 벼가 누렇게 익어 가는 논길을 메뚜기 떼들이 하늘을 덮다시피 하며 날고 있었다. 부산의 꼬맹이는 여간 신바람이 나는 게 아니었다. 야트막한 산기슭의 산소에 다다르면, 우선 바로 근처의 암자에 들렀다. 스님과 서로 낯이 익은 단골 암자에서 부처님께 절을 올렸다. 그러고는 할아버지 산소로 갔다. 자리를 펴고 집에서 준비해 온 제수를 진설했다. 그럴 때, 막내 숙부는 커다란 배 열매의 속을 파고는 그 안에 술을 부어서 할아버지께 제주(祭酒)로 바치곤 하였다. 성묘가 끝난 다음 깎아 먹던, 술기운에 저린 그 배 맛은 지금도 입 안에서 설레고 있다.

그런 추억으로 되돌아보는 그 까마득한 한때, 그야말로 격세지감에 젖지 않을 수 없다. 한때 외국인 수용소가 있었던 데다, 지금으로는 동주대학이며 사하시립도서관이며 동산병원 등등 솟아 있는 빌딩과 함께 아파트로 메워진 오늘날의 괴정동, 그것도 1~4동으로 이루어져 있는 괴정동은 그야말로 대도시의 일각이 아닐 수 없기 때문이다. 적어도 근 7~8천 년 전 청동기 시대의 유물이 발굴된 곳이라고는 차마 믿어지지 않을 정도다.

십 년이면 강산도 변한다고 했는데, 그 십 년이 일곱 번 지나간 지금은 더 무엇을 말하겠는가. 어린 시절의 옛 추억을 짓밟고 드는 번잡한 시가지에서 갈팡질팡하는 게 고작일 것 같다.

하단과 명지에서 수박서리

1940년대 초반의 일제강점기까지만 해도 하단과 명지며 신호는 부산이 아니었다. 모르긴 해도 김해군쯤에 속해 있었을 것 같다. 시내에서는 멀고도 멀었다. 쉽게 갈 수 있는 곳이 아니었다. 명호는 그런 곳이었다. 초등학교 상급반 시절, 부민동에 살았지만 그래도 하단은 가기가 쉽지 않았다. 명지나 신호는 더 말할 게 못 된다. 지금으로서는 부민동이 속해 있는 서구와 하단이 속해 있는 사하구가 바로 이웃이어서 서로 멀다는 느낌이 진할 것 같지는 않다. 명호가 속해 있는 강서 역시 사하구와 접한 이웃이어서 서로 크게 멀다는 느낌이 없을 테지만 옛날엔 그렇지 않았다.

부민동 집을 나서서 서대신동 비탈의 마을 안, 초라한 짚집들이 옹기종기 모여 있는 그 마을 안의 긴 골목을 꼬불꼬불

헤집고 올라가면, 한참 만에 겨우 '대티고개' 에 올라설 수 있었다. 한자로는 큰 고개란 뜻으로 '대치(大峙)' 라고 쓴 그 고개서부터는 괴정 땅이었다. 거기만 올라서면 하단이 멀리 내다보였다.

앞에서도 말한 바와 같이, 괴정까지는 꼬맹이 시절에도 자주 다닌 곳이다. 할아버지 산소로 성묘 다니느라고 설날과 추석이면 으레 지나치던 곳이다. 더욱이 마치 일가처럼 가깝게 지내던 분의 집이 있어서, 그 당시 작은 농촌 마을이던 괴정은 친근하게 느껴지기도 했다.

괴정서 하단까지는 내리막길로 단숨에 다다를 수 있었다. 길이 강과 맞닿은 곳에는 갈대밭이 무성했다. 나루터가 있었는데, 거기서 배를 타고는 명지면의 신호까지 갈 수 있었다. 한 시대 전 같으면 그 지역 주민들이 '신도' 라고 부르던 그 신호에 지금은 신호대교가 지나가고 있으니, 새삼 시대가 달라졌다는 느낌을 강하게 받는다.

그 옛날, 1940년대만 해도 하단서 신호까지는 자그마한 나룻배가 다녔다. 사공이 노를 저어서 물길을 거슬러 올라가다가 중간에 물이 얕은 갈대밭의 모래톱 사이를 지나갈 때면,

모래톱에 올라가서는 어깨에 멘 밧줄로 배를 끌고 가기도 했다. 그가 고생스러워 보이면, 손님들이 스스로 배를 내려서 거들기도 했다. 어른들 키를 넘겨 빽빽하게 갈대가 우거져 있는 모래톱, 그 위에서 밧줄을 어깨에 메고는 '영차 영차!' 소리에 장단을 맞추어 배를 끌고 가는 모습은 고되어 보이는 만큼 낭만적이기도 했다. 소년 '머스마' 이던 나로서는 거기 한 몫 끼지 못하는 것이 안타깝기도 했다. 지금으로서는 사뭇 그리운 정경이 아닐 수 없다.

그렇게 어렵사리 배가 신호나루에 닿으면 재미나고 신나는, 그러면서도 위험스런 일이, 일종의 모험일 수도 있는 일이 우리 꼬마들을 기다리고 있었다. 마침 신호에는 그 당시 초등학교 분교의 교장직을 맡고 있던 일가가 있어서 낯선 곳이 아니었다. 그곳에서 벌이는 우리의 작전은 괴정서 함께 간 친한 집 형과 합동으로 감행하는 것이어서 성공률이 낮지는 않았다. 그 당시 신호의 섬에는 수박밭이 있었는데, 그곳을 노리고 우리는 기습을 가한 것이다. 원두막의 감시의 눈을 피해서 밭에 바싹 배를 깔고는 기어 들어갔다. 그래봐야 수박 한 통 주먹으로 깨어서는 몇 입 날름거리는 게 고작이었지만,

옛 낙동강 하구

오늘날 신호대교

어떻든 들키지는 말아야 했다.

도둑질 아닌, 서리로 먹는 수박은 천하의 절미였다. 하지만 서리가 끝까지 무사할 수 없는 때도 있었다. 우리들 염탐꾼을 발견하고는 밭주인이 원두막을 내려서 달려오면, 우리들은 먹다 남은 수박 조각을 추격자를 향해서 냅다 던져 댔다. '아나, 잡아 봐라!' 힘껏 도망질쳤다. 그래서 탈출 작전이 성공하면 입가에 묻은 수박을 혀로 핥으면서 내다보곤 하던 그 푸른 신호의 물빛, 오늘날 신호대교에 올라서는 보일 것 같지 않다.

송도에서 친구 목숨을 구하고

중학교 시절, 송도는 우리 집 안뜰이나 마찬가지였다. 마음껏 소년다울 수 있었다. 팔팔한 생기며 활활 타오르는 기운을 온 바다 가득 넘실거리게 할 수 있었다. 나는 차라리 한 마리 물고기였다. 아니 사뭇 의젓한 인어였다.

보수동 3가에 있었던 우리 집에서 송도까지는 제법 먼 거리였다. 보수천을 끼고 한참을 내려가다가 자갈치 초입에 있는 대정공원을 지나면서부터는 남포동 해안을 줄기차게 따라가야 했다. 그리고 남항 입구에 뻗친 방파제를 지나면, 바위를 캐내느라고 깎아질러진 벼랑 아래의 제법 널따란 빈터로 들어서게 되었는데, 거기서는 송도가 지척이었다.

양쪽으로 집들이 들어선 좁다랗고 별로 길지 않은 골목을 나서면 이내 백사장에 닿았다. 널따란 모래사장 위 언덕바지에는 탈의실이 딸린 휴게 시설들이 줄지어 있었다. 거기서 수영복을 갈아입고는 바로 바다에 뛰어들었다. 바야흐로 인어가 되어서는 곧바로 다이빙 보드를 향해서 헤엄쳐 갔다. 2층으로 만들어 놓은 다이빙 보드는 제법 높았는데, 나는 얕은 계단을 타고 올라서서 정해 놓은 것처럼 아래층에서만 다이빙을 하곤 했다.

풍덩!

날렵하게 몸을 날려서 바다로 뛰어드는 그 다이빙은 여간 신나는 게 아니었다. 물 밑으로 깊숙하게 곤두박였다가 불쑥 솟구쳐 올라올 때의 그 쾌감이라니! 늘 소리 없이 만세를 외치곤 했다.

1940년대에 송도는 제1송도와 제2송도로 나누어져 있었는데, 수영장 시설은 아무래도 동쪽의 제1송도를 꼽아야 했다. 서쪽의 제2송도는 거의 자연 그대로여서 수영하려는 사람들이 별로 들르지 않았다. 언제나 매우 한적했다. 그러나 제1송도는 1931년에 개장한 부산 최초의 수영장답게 여름마다 몹시 흥청댔다. 나는 여름방학 때면 아예 송도에서 살다시피 했다.

1920년대 송도 해수욕장

어느 한여름엔 이웃집 형과 함께 자주 송도로 갔다. 수영복으로 갈아입고는 바위투성이의 자라섬에 갔다. 자맥질해서 성게며 멍게를 따 먹을 수 있었는데, 그 무렵 우리 부산내기들은 멍게를 '우렁쉥이' 라고 불렀다.

한데, 어느 날 두 소년은 다이빙 보드가 중심에 자리 잡은 좁은 수영장 안이 진저리가 나서 멀고 먼 한바다로 헤엄쳐 나가기로 했다. 우리는 바다 서쪽으로 길게 뻗친 산맥의 맨 끝자락에 자리 잡고 있던, '혈청소' 라고 부르던 시설물이 있는 곳까지 가자고 덤벼들었다. 줄잡아도 반 십 리는 더 될 먼 거리였다. 그러니까 우리는 대단한 원영(遠泳), 곧 장거리 수영을 하자고 든 것이다. 그만큼 둘 다 수영에는 자신이 있고도 남은 셈이었다.

크롤 헤엄에 지치면 개구리헤엄을 치거나 거꾸로 누워서 배영(背泳)을 하기도 했다. 그러다가 정 지치면 물살에 등을 맡기고는 드러누워서 잠자는 시늉을 짓기도 했다. 그러면 둥실둥실 파도를 따라서 흔들대는 것이 몹시 기분 좋았다.

그런 식으로 우리의 원영은 계속되었다. 우리가 출발한 모래사장에서 한500미터쯤 되는 곳까지 나아갔다. 한데 그쯤에서 일이 벌어졌다. 앞서 가던 형이 난데없이 허우적거리기 시작한 것이다. 몸이 물에 잠기면서 두 팔을 내젓기도 했다.

'아차!'

쥐가 나는 모양이었다. 물속에서 갑자기 팔다리가 마비를 일으키는 것을 '쥐가 난다' 고 했다. 나는 급하게 다가갔다. 그가 휘둘러 대는 팔을 따라 물방울이 튕겨 오는 즈음에서 나는 멈추었다. 이럴 경우 상대방을 잡으면 둘 다 변을 당하게 된다는 사실을 알고 있었기 때문이다. 그의 둘레를 돌면서 나는 소리쳤다.

'형, 팔다리 주물러!'

그러자 정신이 드는지 허우적대던 그가 허리를 굽혀서 다리를 주물러 댔다. 얼마쯤 그런 뒤에 그가 다소 안정을 찾는 것을 확인하고는 그에게로 다가갔다.

'형, 허리 뻗어!'

시키는 대로 하는 그의 다리를 나는 죽자 살자 마사지를 했다. 한참을 그랬다. 얼마가 지났을까, 그가 고즈넉이 물살에 몸을 누이는 게 아닌가!

'아, 살았다.'

나는 그의 겨드랑이 밑에 팔을 디밀어 넣었다. 온 사지가 축하니 길게 늘어진 그를 끌고는 천천히, 아주 천천히 모래사장 쪽으로 되돌아가기 시작했다. 무지하게 긴 시간이 지나가는 것 같았다. 한 시간 넘게 걸려서 간신히 백사장에 도착했을 때, 우리는 넋을 잃은 듯이 뻗고 말았다. 길게 누운 우리의 등 위로, 저녁 햇살이 길게 몸을 뉘었다.

나의 영도다리

부산은 항구다. 항구는 부산이다. 한반도에 포구도 많고 항구도 많지만, 그들 항구 중의 항구가 곧 부산이다. 그런 부산항의 대표적인 명물 중의 명물이 다름 아닌 영도다리다. 남항과 북항의 경계에 자리 잡은 영도다리, 그것은 부산항 최고의 역사적인 상징으로 쳐도 괜찮을 것이다.

등대 불 깜박이는 부산 항구야
오륙도 떠난 배는 어데로 갔나, 어데로 갔나
님이야 떠났건만 정이야 떠날소냐
잔을 들고 내가 우는 영도다리 난간에
아, 쌍고동 섧다

이처럼 적잖은 대중가요가 노래한 영도다리, 영화의 무대가 되기도 한 영도다리, 뿐만 아니라 한국 현대사의 기념비가 되기도 할 영도다리는 꼬마 시절의 내게는 추억이 어리고 또 어린 현장이다.

우선 볼거리로 대단했다. 무엇보다 '도개(跳開)' 라고 일컬어지는 그 장엄한 장면을 내세워야 한다. 큰 배들이 지나다니게 하기 위해서 하루에 여섯 번, 시간 맞추어서 들어 올려지는 다리가 무엇보다 신기했다. 그 무거운 강철 구조물이, 36미터 길이의 강판 위로 전차가 다니고 탱크도 통과할 만큼 거대한, 몇 천, 몇 만 톤을 넘을 어마어마한 구조물이 천천히 육중하게 각도를 높이다가 마침내 하늘로 우람하게 치솟는 광경은 여간 장관이 아니었다. 일부러 구경 나온 사람들은 다들 그 광경에 압도당해서는 숨도 제대로 쉬지 못했다.

한데 내게는 또 다른 재미가 있었으니, 그것은 영도다리를 놀이터 삼는 일이었다. 여름철이면 영도다리 아래 방파제에서 별짓을 다하고 놀았다. 그곳은 우리들 중학교 꼬맹이들의 별천지였다.

영도다리와 점집

옛 영도다리

일가친척 없는 몸이 지금은 무엇을 하나
이 내 몸은 국제시장 장사치기다
금순아 보고 싶구나 고향 꿈도 그리워진다
영도다리 난간 위에 초생달만 외로이 떴다

불과 5~6년 훗날, 6 · 25전쟁을 계기로 북한에서 홀로 피난 온 나그네의 애달픔과 서러움으로 넘치게 될 영도다리가, 그 비극의 영도다리가 우리 꼬맹이들에겐 신명나고 재미나는 놀이터였다. 거기서 희희낙락 물놀이하기로는 돌고래나 물범이 부러울 게 없었다.

남포동 쪽에서 다리로 들어서기 직전에 오른편 아래로 나 있는 계단을 내려서서 조금만 앞을 보고 가면 작은 방파제가 있었다. 6 · 25전쟁이 일어난 무렵 50채가 넘는 점쟁이들의 집이 무리 짓고 있던 거기가 바로 여름철 나와 친구들의 수영장이었다. 보수동에 있던 집에서는 제법 먼 곳이었는데도 나는 개의치 않았다. 그만큼 영도다리는 매력 넘치는 장소였다.

수영복이고 뭐고 할 것 없이 팬티로만 알몸을 가리고는 온 방파제를 휘젓고 다녔다. 방파제에 닻을 내리고 정박해 있는 어선에 올라타서는 그 뱃전이나 뱃머리에서 곧잘 다이빙을 해댔다. 바다 속에 몸이 화살처럼 내리박힐 때의 아찔함, 다시 솟구쳐 올라오는 그 순간의 짜릿함이라니! 무엇으로도 비길 수 없는 쾌감에 젖을 수 있었다.

지금 생각하면 끔찍하지만 건너편 영도까지 헤엄쳐 가서는 되돌아오기도 했다. 크고 작은 기선들이 내왕하는 항로 사이를 비집고는 헤엄을 쳐 댔으니 위험천만하기도 했다. 그러다가 무슨 변덕인지, 우리들은 다리 위로 올라갔다. 겨우 허리 둘레를 조금만 가린 꼴로 난간을 따라서 내달리기도 했으니, 그것은 무슨 육체미를 과시하자는 것이었을까? 지나다니는 어른들이 손가락질하고 혀를 차기도 했다.

우리는 배와 배 사이를 뛰어넘으면서 술래잡기도 했다. 배들이 선수(船首)를 맞대고 나란히 서 있긴 해도 뱃전과 뱃전 사이는 제법 떨어져 있어서, 토끼처럼 뜀박질하면서 건너뛰는 것은 결코 쉽지 않았다. 그것은 대단한 장애물 경주 같은 것이었다. 그래서 우리의 육상 경기 아닌, 선상 경기는 얄궂게 흥청댔다. 건너뛴다는 것이 그만 실족해서는 풍덩하니 물에 내리박히기도 했지만, 그것도 재미라면 재미였다. 실수가 재미로 통하기는 흔하지 않기에 우리는 더욱 신이 났다.

뱃놀이가 시들해지면, 꺼릴 것 없이 바다로 뛰어들었다. 방파제를 끼고는 경주 아닌 경영(競泳)을 했다. 아까까지 배 위를 내달리던 토끼들은 이내 물개가 됐다. 방파제를 끼고 몰아치는 조류는 급물살이었다. 쏴! 쏴! 굉음을 일으키면서 거친 파도가 되어 흘렀다. 허연 물거품이 일어서 보기에도 소름이 끼쳤다. 그런 조류와 힘겨루기를 하면서 거슬러 헤엄치는 것은 대단한 성취감을 맛보게 해주었다.

그러다가 그 급류에 몸을 내맡기면 또 다른 재미를 누릴 수 있었다. 물살은 순식간에 우리를 실어다가 500미터는 더 떨어져 있는 영도다리의 교각 밑으로 내몰았다. 힘 하나 안 들이고 초고속 수영 기록을 낼 수 있었다. 하지만 교각 바로 밑은 조심해야 했다. 급히 흐르던 조류는 교각을 휘감고 사나운 소용돌이를 이루고 있었다. 거기 말려들었다가는 못 빠져나올 것은 뻔했다. 그것을 피하자고 인간 물개들은 발악을 했다.

그러다가 시장기를 느끼게 되는데, 도시락을 싸 온 것도 아니고 근처에 군것질거리를 파는 가게도 없으니 어찌하랴?

배는 고파도 어쩔 도리가 없었다. 한데 우리에겐 비상수단이 있었다. 그것도 공짜로 배불리 먹는 전략이 있었다.

방파제 북쪽의 맞은편에는 제법 규모가 큰 청과조합이 있었다. 거기서는 하단이나 명지 같은 곳에서 배로 실려 온 수박, 참외 따위를 도매로 팔고 있었다. 우리는 거기를 노려서 헤엄쳐 갔다. 사람이 없는 틈을 타서는 한 녀석이 우리들 키의 일고여덟 배는 될 돌담을 타고 원숭이처럼 기어 올라갔다. 바다 쪽은 훤히 틔어 있었기에 안으로 들어가는 것은 문제없었다. 침입자는 살금살금 기어 다니면서 잘 익은 수박이며 참외를 우리 패거리 숫자만큼만 골라서는 밑에서 대기하고 있는 우리들에게 내던졌다. 그리고는 풍덩 다시 물속으로 뛰어들어서 우리에게로 왔다.

우리들은 참외는 그냥 손끝으로 움켜쥐고 껍질째로 먹어 댔다. 그런데 수박 먹어 대는 꼴이 재미있었다. 거꾸로 길게 물에 누워서 수박을 가슴에 끌어안았다. 주먹으로 쳐서 부수고는 속살을 먹어 댔다. 바닷물의 간기가 배어 짭짤 달콤한 그 맛이라니! 그걸로 속이 차면 물살에 몸을 맡기고 벌렁 하늘을 쳐다보고는 길게 누운 채로, 가슴에 얹힌 먹다 남은 수박을 두들겨 댔다. 장단 맞추어서 괴성도 질러 댔다. 그렇게 청과 서리에 성공을 거둔 수달들의 장난질은 그칠 줄을 몰랐다.

그렇게 영도다리 밑에서 놀던 어느 날이었다. 우리들 셋 중 하나가 긴급 제안을 했다. 다리 위에서 바다로 내리 뛰자고 했다. '좋아, 한번 해보지!' 나머지 둘도 의기투합했다. 하지만 속으로 겁이 나지 않는 것은 아니었다. 글쎄, 높이가 얼마나 될까? 다리에서 아래를 내려다보면 눈길이 감감했다. 10미터는 더 될 높이가 아슬아슬했다. 그래도 어쩌랴. 이미 본 합의를 사내새끼가 뒤집을 수는 없는 일. 셋은 육지에서 가장 가까운, 그래서 높이가 상대적으로 낮은 곳을 골랐다. 그리고는 난간 밖으로 나가서 섰다. 하지만 다들 다리가 떨렸다. 누구라도 선뜻 몸을 날릴 처지는 아니었다. 가위바위보를 해서 맨 처음 차례가 된 친구는 비실대고 머뭇대기만 했다.

그런 녀석을 옆에 섰던 친구가 와락 떠밀었다. 아차! 떠밀린 녀석의 몸이 무슨 추풍낙엽처럼 날렸다 싶은데, 이내 풍덩! 철썩! 물에 처박혔다. 그런데 크게 솟구친 물기둥이 가라앉도록 녀석은 떠오르지 않았다. 난간 위에 있던 둘은 겁을 먹고는 허방대기만 했다. 파랗게 얼굴이 질렸다. 그렇게 얼마나 지났을까? 파도를 헤집고는 물밑에 처박힌 녀석의 머리와 몸이 가까스로 떠오르는 게 아닌가! 녀석은 몸을 파도에 싣고는 바로 뉘더니 헤엄을 치기 시작했다.

'무사했구나!'

그 한마디 남기고 난간 위 두 놈은 쏜살같이 내뺐다. 다리야 날 살려라, 영도다리야 날 살려라 하고 삼십육계를 놓았다.

2부

얌생이와 돗따

대연동 못골고개를 달리면서

내가 중학교에 진학한 것은 1944년이다. 8 · 15광복을 맞기까지 불과 1년, 일제강점기의 말기였다. 그 당시 부산에서 조선 학생이 들어갈 중학교는 극히 제한되어 있었다. 하긴 당시 부산 시내에는 중학교라야 남녀 학교 모두 합쳐 달랑 일곱밖에 없었다. 일본인만의 중학교로도, 남자 학교로는 지금의 '부산고등학교'가 된 '부산중학교'와 해방 뒤에 '경남상고'가 된 '제1상업학교'가 전부였다. 여학교로는 해방되고 부산여고가 된 '부산여자고등학교' 뿐이었다.

조선 남자 아이들만을 위한 인문 중학교는 아예 한 곳도 없었다. 해방되고 '부산상고'가 된 '부산제2상업학교', 오직 그 하나가 조선인을 위한 학교였다.(부산제2상업학교는 일제강점기인 1944~1945년, 단지 이태 동안 '부산제2공업학교'

가 되었었다.) 조선 여자 아이들이 갈 수 있는 여학교로는 해방되고 '경남여고' 가 된 '항(港)여자고등학교', 그 한 곳뿐이었다.

그런가 하면 당시 '일선공학(日鮮共學)', 이를테면 일본인 학생과 조선인 학생이 같이 공부하는 중학교가 있었는데, 해방 뒤에 '경남고등학교' 가 된 '부산제2중학교' 와 '부산공업학교' 가 된 '부산제1공업학교', 그 둘이었다. 그러니까 조선 학생이 들어갈 수 있는 중학교로는 남녀 통틀어서 네 곳밖에 없었던 것이다. 남학생으로서 내가 고를 수 있었던 중학교는 단 세 곳, '부산제2중학교', '부산제2공업학교' 그리고 '부산제1공업학교' 뿐이었다.

소학교 6학년 2학기 말에 중학교 진학 문제로 담임선생과 상담을 하게 되었다. 우리 아버지도 자리를 함께하였는데, 나더러 '부산제1공업학교' 를 가라고 했다. '부산제2중학교' 는 개교한 지 2년에 못 미치고 '부산제2공업학교' 는 새로이 개교하니까 더 두고 보아야 할 거라고 했다.

"부산제1공업학교는 부산에서만 입시생이 모여드는 데가 아니야. 경남도 일대에서 다 덤벼들어. 입시 경쟁률이 보나마

나 5대 1, 6대 1이 넘을 테니까 너로서는 그 때문에도 겨루어 볼 만한 학교야.”

이런 담임선생의 말에 기가 올라서 그러마고 한 나는 무난하게 합격할 수 있었다. 그렇게 해서 부민동에서 범일동까지 그 먼 길을 전차 통학을 하게 되었다. 근 한 시간 전차를 타고 난 다음, 범일동에서 대연동까지 또 근 십 리를 발로 걸어가야 했다. 힘겨웠다. 한데 학교 방침으로 학생들은 범일동에서 문현동을 지나 대연동까지 줄곧 구보(驅步)로 달려야 했다. 길고 긴 못골고개까지 타고 넘어야 했으니, 그 고통이 예사가 아니었다. 신입생에게는 부담이 너무 컸다.

그래서 나는 새벽 이른 시간에 등교하기로 했다. 그러면 상급생들의 눈에 안 띄고 걸어서 고개를 넘을 수 있었기 때문이다. 일단은 대성공이었다. 산책하듯이 고개를 넘을 수 있었다. 보란 듯이 마음의 여유를 즐겼다. 한데 느닷없이 벼락이 떨어질 줄이야!

그날도 이른 아침, 교칙을 어긴 게름뱅이가 느릿느릿 고개를 넘고는 막 학교 정문에 들어서는데, 뒤에서 난데없이 ‘게 섰거라!’ 불호령이 떨어졌다. 일본인 상급생이 한 무리를 이

끌고 달려왔다.

"너, 이 자식. 상습범이지. 매일 걸어 다닌 거지. 어디 죽어 봐!"

엎드려뻗쳐를 하라고 엄명이 떨어졌다. 비실비실 엎드리자 그는 발길로 허리를 차고 짓밟아 댔다. 허리가 부서질 것 같았다. 그러고도 모자라서 500을 셀 때까지 그냥 엎드려 있으라고 했다. 그 앞에도 그 뒤에도 그렇게 혹독하게 남에게서 폭행을 당해 본 적도, 형벌을 받은 적도 없다. 간특하게 잔꾀 부리다가 제 꾀에 넘어간 신입생은 500을 세는 동안 내내 회한의 눈물을 삼켜야 했다.

감내 바다에서 웃음거리가 되고

1940년대 초엽만 해도 부산 시내에서 당시 '감내' 라고 부르던 감천까지 가기는 쉽지 않았다. 감내로 가자면 일본말로 '다니마치(谷町)' 라고 일컬어진 아미동을 지나가야 했다. 아미동은 모르긴 해도, 동으로 천마산, 서로는 아미산 등 제법 높은 산들 사이에 낀 골짝 안의 동네라서 붙여진 이름인 것 같다. 그래서 동네 이름에 아예 골짝 곡(谷)자가 붙여진 것이리라. 그때는 지금의 서구 전체가 한갓진 중에도 아미동은 남달리 외돌아진 동네였다.

전찻길을 벗어나서 좁은 언덕길을 오르면, 왼편의 비탈에 자그맣고 초라한 집들이 다닥다닥 붙어 있었다. 동네 안에 들어서서 골목길을 한동안 누비고 가면 고개가 나서는

데, '반달고개' 라고 했다. 고개에 올라서면 남향 아래쪽으로 감내 바다가 환히 내다보였다. 지금 같으면 중앙부두를 위시해서 번화한 항구의 시가지가 펼쳐질 테지만, 그 옛날에는 거의 집들은 보이지 않았다. 그저 아무것도 없는 텅 빈 바다가 횅댕그렁하게 눈에 들 뿐이었다. 그 고개턱 왼편 산비탈은 공동묘지가 차지하고 있었다. 부평동에서는 반 시간 넘게 걸리는 곳이지만, 풀 더미 사이를 헤집고 다니면서 메뚜기를 잡기도 한 곳이라 그런대로 눈에 익어 있었다. 고개턱을 지나면서 산비탈을 오르면 오솔길은 사뭇 아래를 향해서만 꼬불꼬불 길게 뻗어 있었다. 사람들은 거의 다니지 않았다.

한데, 중학교 1학년 때 동급생 전체가 감내로 소풍을 가게 되었다. 그 당시로는 아주 외딴 곳이었는데, 굳이 학교 당국이 나서서 감내로 소풍을 가게 된 것은 조금은 야릇한 일이었다. 더욱이 내가 다니던 학교는 대연동에 위치하고 있었기에, 두 지역 사이의 머나먼 거리를 생각하면 야릇하기가 여간한 게 아니었다. 모르긴 해도 일제강점기 말기 태평양전쟁이 한창이던 때로, 중학교 1학년도 군사훈련으로 들볶이던 판이라

옛 감천항 모습

서 소풍도 훈련을 겸한 게 아니었나 싶기도 하다.

아무튼 우리는 당시 부산부립병원(뒤에 부산시립병원을 거쳐서 부산대학교 부속병원이 된) 뜰에 집합해서는 반달고개를 넘어갔다. 말이 소풍이지, 군대가 행진하듯 해서 감내 바닷가에 닿았을 때는 초여름이라 온몸이 땀에 절어 있었다. 그런데도 한참을 군사훈련에 시달려야 했다. 가까스로 휴식 시간을 주면서 겉옷은 위아래로 벗어도 좋다고 허락이 떨어졌다. 반 이상 알몸이 된 나는 배가 고팠다. 그래도 도시락 먹기까지는 오래 기다려야 했다. 그래서 따로 꾸려 가지고 간 밀가루 호떡을 먹자고 들었는데, 옆에서들 얻어먹으려고 난리를 쳤다. 나는 뺏기지 않으려고 급한 김에 호떡을 꾸러미 채로 바다에 멀리 내던졌다. 수영으로는 자신이 있었기에 나는 급히 호떡을 향해서 헤엄쳐 갔다. 바다 가운데서 혼자서 먹자는 심보였다.

한데, 이게 무슨 일? 내가 미처 닿기도 전에 호떡이 물에 잠기는 게 아닌가 말이다. 가까이 가서 자맥질을 했지만 깊은 바다 밑으로는 아무것도 보이지 않았다. 욕심꾸러기가 빈손으로 솟구쳐 오르는 걸 보고는 물가에 선 친구들이 깔깔거리고 웃어 댔다. 창피했다. 나는 내빼다시피 자맥질로 물속에 숨어 겨우 웃음거리를 면할 수 있었다.

수영의 군사 비행장 건설에 동원되다

일제강점기에 일본 공군의 기지였다가, 해방하고는 한때 국방부가 관장하는 군용 비행장으로 구실을 바꾸었다가, 뒤이어 부산국제공항으로 기능이 바뀐 수영 비행장은 이제 자국도 찾아내기가 힘이 든다. 총 면적 35만 5천 평의 광대한 땅덩이에는 꼬박 아파트로 채워진 이외에도 거대한 각종 공공건물이 즐비하다. 그중에서도 해마다 글로벌한 규모로 열리는 부산국제영화제의 무대인 '두레라움'과 '벡스코'가 가장 두드러진다. '벡스코'는 '부산전시컨벤션센터'로, 각종 국제회의가 자주 열리는 것 말고도 무역박람회 등을 위한 전시 시설이 갖추어져 있는 것으로 이름이 높다. 또한 백화점이며 호텔 그리고 전시관들이 무리지어 서 있는 웅장한

1960년대 중반 수영 비행장

광경은 부산시의 명소 중 명소로 꼽아도 손색이 없을 것이다. 한데 필자에게 이곳은 어릴 적 추억이 어린 현장으로 머리에 새겨져 있다.

아주 어릴 적 가족과 함께 옛 부산역에서 기차를 타고 수영역에서 내려 해수욕장에 가곤 했었다. 역에서 해변으로 가자면 골프장과 포도밭을 지나야 했는데, 그 일대가 나중에 비행장으로 편입된 것이다. 한데 비행장 터가 최초로 닦일 때, 당시 '부산제1공업학교'의 1학년이던 나는 이른바 '근로 봉사'로 수영 비행장 건설에 참여하게 되었다. 불과 2~3년 전만 해도 부모님을 따라 먼 길을 와서 해수욕장에 드나들던, 바로 그 아기자기했던 터전을 허물고 전쟁을 목적으로 삼은 비행장을 만드는 데 강제로 동원되다니. 그런 것도 역사의 아이러니일 것이다.

아무튼 당시 대연동에 있던 학교에서 점심만 먹고 나면 우리는 노동자가 되어야 했다. 수영까지의 그 먼 길을, 십 리는 훨씬 넘을 그 길을 꼬박 걸어서 비행장 건설 현장까지 가야 했다. 중학교 1학년 어린것들이 걸어오느라 벌써 지쳐 있는 것은 아랑곳하지 않고 군대의 장교는 중노동으로 우릴 부려 먹었다. 비행장 활주로 닦는 일이 우리에게 주어졌다. 보통 상식으로는 어처구니없는 일이다. 아직도 꼬마인 어린것들이 군사용 비행장 건설에 투입되다니, 그것으로도 일본 군국주의에는 이미 망조가 들어 있었던 셈이다.

동래 쪽에서 수영을 지나 해운대로 통하는 큰 길 너머 산에서 작은 바위 덩치를 어깨에 메고 져다 나르는 게 우리들의 임무였다. 그걸로 비행기가 날아오르기 위해 질주하는 활주로를 깐다고 했다. 소년들로서는 감당키 어려운 고되고 벅찬 노동이 아닐 수 없었다. 비행장 공사로는 가장 요긴한 대목이 우리 어린것들에 맡겨진 셈이었다. 청년들이 몽땅 군대로 또는 징용으로 끌려가고 없는 틈을 우리가 메워야 했던 것이다.

땀에 절고 흙먼지 뒤집어써 가면서 오후 내내 노동을 했다. 해질녘에야 겨우 일에서 풀려났다. 한데 그때, 아주 특별난 일이 일어났다. 멋지게 구운, 제법 덩치가 크고 흰 밀가루 빵이 하나씩 우리에게 주어졌다. 배급으로 주어지는 식량이 모자라서 다들 굶주리고 있던 판에 그것은 있을 수 없는 일이었다. 어린것들 고생시킨 데에 대한 귀한 보상이었다.

나는 그걸 먹지 않고 집으로 모셔 왔다. 동생들과 나누어

먹던 그 빵의 향연(饗宴)은 지금도 수영을 지나칠 적마다 되새겨지곤 한다. 그러면서 우리가 날라다 활주로에 깐 그 작은 바위가 벡스코며 두레라움 등의 건물에 주춧돌 구실을 하고 있기를 바라곤 한다.

부경대학교 앞뜰 백사장에서 조개며 고동을 줍고

지금 부경대학교 앞과 옆은 번잡하기 이를 데 없는 시가지다. 황령산 터널에서 뻗어 내린 길이 바다로 거의 다 와서 해운대 쪽으로 꺾어지게 되어 있는 그 삼거리는 대단히 번잡하다. 한길도 예사 한길이 아니라서 지나다니는 차들로 미어질 지경이다. 하지만 1940년대 말엽에서 50년대에 걸쳐서는 사정이 달랐다. 파도가 밀려드는 한적한 해변이었을 뿐이다.

1945년 해방되기 전, 부경대학교는 '부산수산고등학교'라고 했는데 여간 당당하고 으스대는 게 아니었다. 그 당시, 지금으로 쳐서 대학 수준에 들 고등고육기관으로는 온 나라 안에 대학이 단 하나 경성제국대학(오늘날 서울대학교의 전신)이 있었던 것 말고는 전문학교가 셋, 그리고 고등학교가 넷으로, 통틀어서 8개교를 넘지 않았다. 다같이 5년제 중학교를 마치고 들어가게 되어 있었지만, 전문학교보다는 한 단계 위로 평가받는 고등학교의 하나라서 '부산수산고등학교' 는 기고만장했다. 정복으로 치장한 데다 '망토' 라고 일컫던 소매 없는 검정색 외투를 걸치고 거리를 활보하는 모습은 대단한 귀공자였다. '이수일과 심순애' 라는 그 옛날 한때 대단히 유행했던 영화나 연극에서 주인공 스타로 등장한 고등학생 이수일의 화려한 모양새 그대로였다.

내가 다니던 중학교는 부산수산고등학교와는 상거(相距)가 별로 멀지 않았다. 다같이 대연동에 위치하고 있어서 걸어서 십 분 정도의 거리에 불과했다. 그런 탓에 부산수산고등학교 학생들이 대로를 오고 가는 모습을 자주 볼 수 있었다. 여간 부러운 게 아니었다.

한데 우리는 중학교 1학년 때, 그 부산수산고등학교에 자주 가게 되었다. 생물학 선생이 우리를 그렇게 하게 시킨 것이다. 그 선생은 생물학 시간에 실습을 핑계 대고 우리를 부산수산고등학교 앞의 모래사장으로 이끌고 가곤 했다. 지금

1960년대 부경대 앞

으로는 거짓말 같겠지만, 그 옛날의 부산수산고등학교, 오늘날 부경대학교의 뜰은 바닷가 모래사장과 맞닿아 있었다. 조금 좁아서 그렇지 이웃의 해운대 백사장과 별로 다를 게 없었다.

일본인 생물학 선생은 다소 교활했다. 모래사장이며 거기 살고 있는 생물들의 생태에 관해서 공부한다는 핑계로다가 우리로 하여금 조개며 고동을 캐내게 했다. 그리곤 그것들을 챙겨서는 자기 집으로 가지고 갔다. 하루 일과를 마친 뒤에 그가 우리가 캐서 바친 조개며 고동을 챙긴 짐 꾸러미를 들고 가는 걸 보고 우리는 비웃기도 했다. 2차 세계대전이 한창이던 당시, 먹을거리가 사뭇 귀하던 판에 그의 식구들은 조개며 고동으로 배불리 먹을 것을 생각하며 우리는 다들 배아파했다.

그래서도 오늘날, 부경대학교 앞의 거리에서 그런 추억에 젖을 겨를이 없는 게 오히려 다행스럽다.

역사를 간직한 제1부두

'관부연락선', 이젠 잊혀진 말이 되고 말았다. 관부(關釜)의 부는 부산이고, 관은 일본의 '시모노세끼' 곧 하관(下關)의 관이다. 대한해협 건너, 부산과 하관 사이를 정기적으로 오고간 연락선을 일제강점기에 '관부연락선'이라고 일컬었다. 1905년에 시작되어 2차 세계대전이 끝날 때까지 운행되었는데, 현재의 '부관페리'가 그 뒤를 잇고 있는 셈이다. 관부연락선의 부두도 오늘날 부관페리가 이용하고 있는 연안여객선터미널인데, 당시는 제1부두라고 했다.

관부연락선이 한창 운항하고 있던 당시의 부산은 인구가 20만 명을 넘고 30만 명에는 미치지 못했던 것 같다. 중소도시에 불과했던 셈이다. 그 무렵 부산은 대신동에서 범일동까지가 전부였다. 지금으로는 동(洞)에 해당될 정(町)이 20개에 미치지 못했다. 그 가운데서도 영주동 동남쪽인 지금의 중구와 서구의 시가지가 더 발달하여서 그 안의 정(동)들은 거의 모두가 일본식 이름을 갖고 있었다. 중앙동이 '오쿠라마치(大倉町)', 동광동이 '혼마치(本町)', 광복동이 '벤텐마치(辨天町)', 창선동과 신창동 일대는 '니시마치(西町)', 복병동을 '후쿠다마치(福田町)', 남포동 거리는 '쇼와 도오리(昭和通)' 등으로 일컬어지고 있었다.

이들 정(동) 이름은 순전히 일본식이라서 해방 이후에는 지워지고 말았다. 그래서 유감스럽게도 일제강점기 부산은 그만큼 일본인의 비율이 큰 도시였다고 말하게 되는 것이다. 안타깝게도 필자가 당시의 부산을 식민지 안의 식민지라고 말하는 것은 그 때문이다. 심지어 '쇼와 도오리'의 쇼와는 당시 일본 천황의 칭호이기도 했던 것이다.

그런 속에서 제1부두는 더한층 일본과 연관이 깊었다. 하긴, 같은 무렵의 제2~3부두도 마찬가지였다. 부산 항구도 그만큼 일본색이 짙었던 것이다. 제1부두는 일본을 내왕하는 통로나 다리이다시피 했다. 오늘날의 '연안여객선터미널'인 제1부두에 닻을 내리고 있던 '콩고마루(金剛丸)'란 이름의

7,000톤 급 연락선의 그 거대한 선체가 지금도 눈에 선하다.

1930~40년대만 해도 경부선 열차는 부산역을 지나서 제1부두를 시발점과 종착역으로 삼았다. 손님들은 부두 안까지 쑥 들어와서는 기차에서 내려 곧장 배로 올라가게 되어 있었다. 그런 점에서 경부선 철도는 제1부두의 연장이나 다를 바가 없었다. 관부연락선을 타고 내리는 손님들은 주로 일본 여객이었다. 당시 조선인 선객은 '도항증명서(渡航證明書)' 라는 문서를 가져야만 연락선에 오를 수 있었다. 그건 조선인이 배를 타고 일본으로 건너와도 좋다는 서류였다.

나는 초등학교 다니던 시절, 일 년에 한두 번은 그런 제1부두에 나가곤 했다. 숙부가 일본 동경에서 대학을 다니고 있었기 때문이다. 여름과 겨울방학이 되면 숙부는 으레 부산에 언제 도착한다고 전보를 주었다. 그러면 서둘러서 제1부두로 마중을 갔다. 연락선 갑판에서 긴 계단을 타고 상륙하는 숙부를 마중하는 것은 신나는 일이었다. 거기에는 숙부의 귀향이 반갑다는 이유 말고 다른 곡절이 있었다. 숙부가 건네주는 선물이 숙부보다 더 반가웠다. 가령, 겨울방학에는 귤을 한 꾸러미씩 갖고 오곤 했는데, 나는 그걸 숙부보다 더하게 환영했다. 당시 조선에서는 미처 나지 않았기에 귤은 여간 귀하고 맛나는 과일이 아니었다.

집에까지 멍청하게 입 닫고 갈 수는 없는 노릇이었다. 귤 한 알을 껍질 벗겨 입에 물고, 숙부 손잡고 가던 그 걸음은 귤 맛 못지않게 상쾌했다. 그게 바로 내가 누린 제1부두의 보람이었다.

1945년, 광복을 맞은 부산은 엄청 부산했다. 다른 도시와는 확연히 달랐다. 별나게 일본색이 강했던 도시라서 반사적으로 그랬던 것 같다. 그런 부산의 정황을 제1부두가 대변하다시피 했다. 시내 다른 지역에 비해서 제1부두야말로 제일 번잡하였다. 참혹하게 전쟁에 지고 쫓겨 가는 일본인들로 벅적댔다. 부산 시내에 거주하던 일본인만이 아니었다. 내륙 지방에서 경부선 기차를 타고 와서 배에 오르는 일본인들이 줄을 이었다. 그것은 영락없는 패잔병의 꼬락서니였다. 초라한 옷차림에 짐들을 지고 들고는 비실대는 몰골이 스산했다. 바로 어제까지만 해도 그 으리으리하던 일본 군국주의의 모습이 연상되어서 여간 처연한 게 아니었다.

그런 몰골의 일본인과 지척으로 우리 동포들의 귀국 행렬

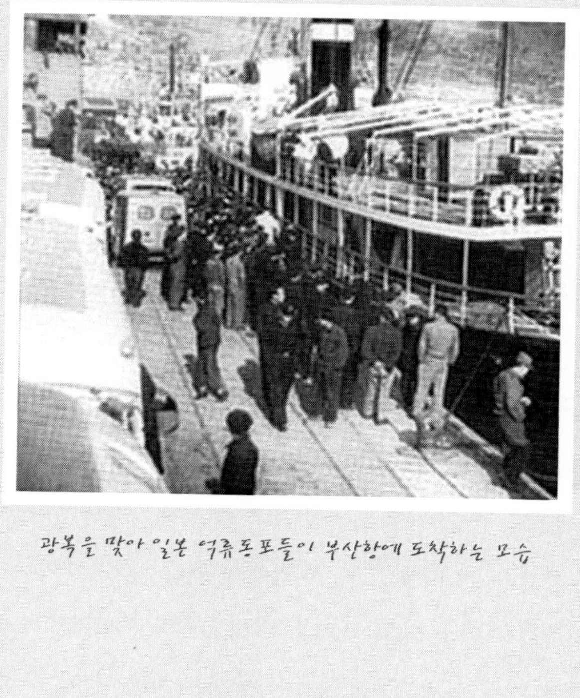

광복을 맞아 일본 억류동포들이 부산항에 도착하는 모습

이 배에서 부두로 내려섰다. 소위 징병(徵兵) 또는 징용(徵用)을 당해 일본과 동남아 각지로 끌려간 동포들이 돌아왔다. 뿐만 아니다. 그들 사이에는 일본에서 삶의 터전을 마련하고 있던 동포들도 껴 있었다. 모두 '귀환동포(歸還同胞)'라고 했다. 외지에서 모국으로 돌아온 동포라는 뜻이다.

별로 넓지도 않은 한 공간에서 서로 다른, 달라도 너무나 대조적인 무리를 볼 수 있었다. 한편에는 패전(敗戰)해서 쫓겨 가는 무리가, 다른 한편에는 모국의 광복을 맞이해서 돌아오는 무리가 득실대고 있었다. 그러나 몰골이 초라하기로는 마찬가지였다.

당시 겨우 중학교 2학년이던 나는 귀환동포를 마중하는 일에 동원되었다. 마침 광복을 맞이한 직후의 여름방학 중이라서 그랬던 것 같다. 광복 직전까지 관부연락선이 오가던 제1부두는 그 좌우로 배가 닻을 내리게 되어 있었다. 부두에 세워진 건물은 2층이었는데, 왼편에서 배를 내린 선객들은 2층으로 가서 계단을 타고 아래로 내려오게 되어 있었다. 우리는 그 계단 위에서 귀환동포들을 마중하게 되었다. 굶주리고 지친 그들을 부축해서 계단을 내려와야 했기 때문이다. 우리는 미리 준비해 둔 주먹밥을 하나씩 그들에게 집어 주는 일도 해야 했다. 봉래초등학교에서 미리 밥을 지어 마련해 둔 주먹밥을 커다란 통에 담아서 트럭에 싣고 우리가 날라 온 것이었다. 우리 중학생들은 그런 일에 그야말로 마음과 몸을 바쳤다. 처연한 모습으로 모국에 돌아오는 사람들에게 그만큼이라도 베푸는 일이 우리들로서는 여간 보람찬 일이 아니었다.

그러던 중에 말이 아니게 병들고 지쳐서 스스로 몸을 가누지도 못하는 청년 한 사람을 내가 맡게 되었다. 완전히 거지꼴이었다. 허리조차 바로 세우지 못하는 그의 겨드랑이 아래로 내 어깨를 들이밀었다. 힘에 부쳤지만 악을 쓰고 부축했다. 내 목에 감긴 그의 팔에는 기운이 없었다. 계단을 겨우 겨우 한 발짝씩 비틀거리면서 내려왔다. 몇 번 쓰러질 뻔도 했다. 그렇게 높지도 않은 계단을 내려오는 게, 무슨 태산을 타고 내리는 것 같았다. 한여름이라 나는 윗도리로 얇은 속셔츠를 걸쳤을 뿐이었다. 어깨 아래로 드러난 나의 맨살과 찢어져 나풀대는 옷으로는 가리지 못한 그의 가슴팍 맨살이 맞닿았다. 그의 몸에서 풍기는 악취가 내 몸을 휘감았다.

하지만 용을 쓰고 써서는 어떻게 간신히 계단 아래로 내려설 수 있었다. 거기서 기다리고 있는 다른 학생에게 그를 넘겨줄 차례가 되었다. 내 어깻죽지에 축 처져서 걸쳐 있는 그를 떼놓아야 했다. 하지만 그게 녹록치 않았다. 그의 가슴팍 종기에서 터져 나온 피고름이 그새 내 어깨살에 진하게 달라붙어 있었던 것이다. 그걸 억지로 떨어뜨리고 그를 떼어놓는 순간, 그가 땅바닥에 푹 쓰러지고 말았다. 머리를 땅바닥에 박고는 웅크렸다. 순간 나도 모르게 눈물이 솟구쳤다. 그의 등을 다독거리는 내 손등에 눈물이 방울방울 떨어졌다. 그게 귀환동포를 맞이하는 내 몰골이었다.

'학생 치안대'로 파출소 근무

1945년 8월 15일! 그날의 조국 해방과 광복을 나는 꿇어앉아서 맞이했다. 당시 대연동에 있던 부산제1공업학교 기계과 2학년 학생이던 우리는 학교 안 기계 공장에서 군수품을 만들고 있었다. 2차 세계대전의 막바지, 몰릴 대로 몰리고 있던 일본은 소년들조차 전쟁을 위해서 부려 먹은 것이다.

그러던 중 8월 15일 바로 그날, 공장에서 우리를 감독하고 있던 군인이 한낮 12시에 공장 앞에 나와 모이라고 했다. 미리 준비한 라디오에서 일본 왕의 중대 방송이 있을 거라고 하자, 우리들은 곧추 꿇어앉아야 했다. 이내 왕의 목소리가 은은하게 들려왔다. 울먹이듯, 유감스럽게도 전쟁에 졌다고 했다. 그러자 옆에 줄지어 앉아 있던 일본 군인들이 통곡을 시작했다. 동급생인 일본인 학생들도 덩달아서 흐느꼈다.

그런 분위기에 밀려서 우리 조선인 학생들은 떨치고 일어설 수 없었다. 그냥 앉은 채로, 소리 없이 만세를 불렀다. 그렇게 우리는 흙바닥에 무릎 꿇고 앉은 채로 '조선 독립' 을 맞이했다. 일본 군인과 동급생들의 울음에 얽혀서 광복과 해방을 무릎 꿇고 앉은 채로 맞은 것이다. 그것은 지극한 아이러니가 아닐 수 없었다.

한데 크나큰 감격과 환희로 맞은 광복이지만 모든 게 고루 바람직하진 못했다. 이내 지독한 좌우익의 갈등에 휩쓸렸다. 그렇게 광복한 조국, 독립한 조국은 여러 가지로 문제며 말썽거리가 많았던 것 같다. 그게 부산은 더했던 것 같다. 일본인들이 거리와 각종 공공 기관에서 절대 다수를 차지하고 있던 판이라 그럴 수밖에 없었을 것이다. 그래서 곳곳에서 일시적이나마 공백 상태가 벌어지고 결함이 노출되기도 했다.

그런 소용돌이 속에서 치안은 더한층 말썽이었다. 이른바 '미군정(美軍政)', 곧 미국 군인들에 의한 행정과 정치가 들어서긴 했지만, 치안에는 부족한 점이 적지 않았다. 해서 비상수단이 동원되었다. '학생 치안대' 가 발족한 것이다. 당시 학생이라야 중학교 4학년까지가 고작인 데다 그 수도 태부족이었다.

겨우 2학년이던 나는 부민동파출소(경찰지서)에 배정되어서 난데없이 임시 경찰관이 되었다. 옛날 경남도청(지금의 동아대학교 부민동캠퍼스)과 나란히 있던 부산재판소 뜰에 붙어 있던 파출소에 근무하는 꼬맹이 경관이 탄생한 것이다. 그래 봐야 모두 해서 셋이 전부였는데, 4학년 상급생 하나가 파출소장(지서장)으로서 어깨 힘주고는 으쓱거렸다.

우리는 '치안대(治安隊)' 라고 적힌 완장을 팔에 두르고는 학생 복장 그대로 파출소 앞에서 보초를 서기도 했다. 부평동으로 통한 거리와 아미동으로 통한 거리가 마주치는 네거리를 내다보면서 사명감에 가슴 펴기도 했다. 도둑 잡는 포도대장 구실 그 자체는 몰라도 그런 꼴, 그런 맵시로 하다못해 그 흉내라도 내어야 했다.

지금 돌이켜 보면 우스꽝스럽게만 여겨진다. 만화와도 같은 장면이 아닐 수 없다. 그래도 우리는 진지하고 또 심각했다. 우리 사는 동네의 치안을 우리가 지킨다는 생각에 여간 진지한 게 아니었다. 갓 해방된 조국의 안녕을 지킨다는 일념에 어깨에 힘이 들기도 했다.

‘도둑, 나와 봐라!’

꼬마 경찰관은 잔뜩 기가 올라 있었다. 그나마 낮에만 근무하고 밤엔 자리를 지키지 않았는데 자면서도 도둑 잡는 꿈을 꾸곤 했다. 그러니 주어진 임무를 밤낮 가리지 않고서 수행한 셈이다.

그날의 그 꼬맹이 치안대!

정부에서 최상급 훈장이라도 베풀어야 하는 게 아닌지 모르겠다. 나는 결코 사양하지 않을 것이다. 지난날의 그 꼬맹이 경찰관은 장담해도 좋다.

중앙동 40계단과 '학생 연맹'

한 시대 전, 아니 두어 시대 전에도 40계단은 부산의 명물 가운데 하나였다. 오늘날 같지는 못해도 제법 융성했던 곳이다. 묵은 시대의 '부산본역'(오늘날의 중앙동 무역회관 자리)을 나와서는 전찻길을 가로질러, 옛 부산일보사 곁의 사거리를 지나면 중앙동 큰 거리에 들어설 수 있었다. 거기서 맞바로 몇 걸음 안 가서 높다란 언덕을 만나는데, 거기 돌계단이 버티고 있었다. 일러서 '40계단'이라고 했다. 그 위로는 동광동과 대청동에서 영주동으로 가는 좁다란 길이 뻗어 있었는데, 1940년대 초엽만 해도 시내 같지 않게 한가한 고갯길이었다.

한데 오늘날은 대단히 번화한 도심의 거리로 변모하였다. '40계단문화관광테마거리'라고 이름 붙여진 그 일대, 곧 국민은행 중앙동 지점에서 40계단 위를 거쳐 '40계단문화관'까지의 그 일대는 여간 번성한 게 아니다. 그런데 이 일대는 번화한 한편으로, 6 · 25전쟁 시대를 회고하는 처연한 자취를 보여주고 있기도 해서 역사박물관 거리라고 할 만하다. 오늘날 사람들이 왕창왕창 지나다니는 길과 층계가 전쟁 당시의 시대상이며 사회상을 여실하게 보여주고 있다. 그 당시 서민들, 그것도 피난민들의 삶의 모습을 현실감 넘치게 재현해 놓았다.

사십 계단 층층대에 앉아 우는 나그네
울지 말고 속 시원히 말 좀 하세요
피난살이 처량스런 동정하는 판잣집에
경상도 아가씨가 애처로이 묻는구나
그래도 대답 없이 슬피 우는 이북 고향 언제 가려나

'경상도 아가씨' (박재홍 노래)라는 위 가요가 일러 주듯, 그 무렵 40계단 둘레는 피난민들로 넘쳐 났다. 그 숫자가 무려 10만 명을 넘었다고 전해진다. 그와 같은 피난살이의 처절

오늘날 40계단

한 모습들이 갖가지 조형물로 40계단과 그 둘레에 전시되어 있다. 물동이 두 개를 좌우 어깨에 메고 가는 어미 곁에 물동이를 인 딸아이가 따라가는 모습, 던져진 지게에 어깨 기대고는 길게 땅바닥에 누운 노동자와 그 곁에 짐짝을 깔고 앉아서 축 처져 있는 인부의 몰골, 귀를 막고 선 두 아이를 저만치에 두고 일손을 놓지 않고 있는 뻥튀기 아저씨의 모습. 이들 조각은 바로 살아 있는 역사의 재현이다. 전쟁 당시 이북 땅과 고향을 버리고 피난 온 서민들의 참혹한 생활상이 여실하게 표현되어 있다. 이같이 40계단과 그 둘레는 겨레의 아픔이 서리고 그 상흔이 끼쳐 있는 곳인데, 나로서는 학생 시절의 아리고도 아린 사연이 맺혀 있기도 한 곳이다.

6 · 25전쟁의 2~3년 전까지만 해도 중학교 학생들에게는 40계단이 위험지구였다. 계단 중턱에 우익학생단체인 '학생 연맹' 이 자리하고 있었기 때문이다. 해방 직후부터 그 당시까지 정치 집단은 좌익과 우익으로, 곧 공산주의 진영과 자유주의 진영으로 맞서서 갈등을 빚고 있었는데, 그 파장이 학생들에게도 미쳤다. 좌익과 우익 학생 단체는 '학생 동맹' 과 '학생 연맹' 으로 대립해서 투쟁을 계속했다. 그런 중에 부산

의 '학생 연맹' 은 하필 40계단 중턱에 버티고 있었다. 그리고는 지나다니는 학생들을 붙잡아다가 괴롭히곤 했다. 그런 소문이 자자했던 터라 나는 되도록 40계단은 피해 다녔다.

한데 어느 날, 무심코 40계단을 오르다가 그들에게 걸려들었다. 안으로 끌고 들어가더니 무고한 사람을 좌익으로 몰아붙였다. 구타를 당하고 발길로 차이기도 했다. 하지만 폭행이 오래 가지는 않았다. 코피를 흘리고는 간신히 풀려 날 수 있었다. 훨씬 뒷날 두어 번 40계단을 오르내릴 때 그 중턱, '아코디언 켜는 사람' 의 동상이 있는 그 즈음에서 나는 그날에 흘린 나의 코피 자국이 밟히는 것 같아 다리가 저렸다.

해운대 백사장에서 '적기가'를 부르고

독자들도 잘 알다시피 해운대는 한국의 팔경(八景) 가운데 하나다. 신라의 최치원이 달맞이고개에서 서쪽으로 내다보이는 바다 풍경에 넋을 잃고는 자신의 자(字)를 따서 '해운대'라고 했다고 전해지는 것을 보면, 해운대의 유래는 무척 오래인 것으로 보인다.

해운대에는 산과 바다에 걸친 명소가 많다. 산으로는 북으로 길게 솟아 있는 장산(長山)을 첫손에 꼽아야 할 것이다. 바다를 내려다보는 언덕으로는 송정 넘어가기 직전에 길게 뻗친 달맞이고개를 내세울 수 있을 것이다. 달밤에 바다를 바라볼 명승지로는 이 고개만 한 곳도 흔하지 않을 것이다. 그리고 해변으로는 누가 뭐라고 해도 오늘날의 시가지를 끼고 펼

1930년대 해운대 백사장

오늘날 해운대 백사장

쳐진 백사장을 들어야 할 것이다. 이처럼 장산과 달맞이고개와 백사장은 해운대의 삼절(三絶)이라고 해도 좋을 것이다. 하긴 온천도 꼽아야 할 테지만, '해운대 온천'의 명승은 이젠 꽤나 시든 것 같아서 마음 아프다. 동래 온천과 나란히 전국에 이름을 날리던 것이 자못 아쉽고도 아쉽다.

그대 얼굴을 그대 모습을
눈시울에 그리며 나 홀로 찾아서 왔네
추억 맺힌 해운대 물새 소리도
파도 소리도 그 옛날과 같건만
그리운 님은 가고 없더라 찾을 길이 없더라

문주란이 이같이 노래하던 해운대는, 서로는 수영만에서 동으로는 송정까지 12킬로미터에 이르는 해안선에 걸쳐서 뻗어 있다. 그러나 해운대가 역시 해운대다운 것은 1.8킬로미터에 걸쳐서 펼쳐진 그 백사장이다.

1930~40년대 부산의 시가지라야 대신동에서 겨우 범일동까지로 끝나던 시절, 시내에 사는 사람들이 해운대 가기는

쉽지 않았다. 그 무렵 부산부(釜山府)에서 해수욕장은 동으로는 '마쓰시마' 라고 하던 송도(松島)가, 서로는 수영이 고작이었다. 해운대 백사장은 시설이 갖추어진 공적(公的) 해수욕장이 아니었다. 물론 당시 동래군에 속해 있던, 해운대 마을 사람들은 해수욕을 즐겼겠지만 그것은 극히 한정적이었을 것이다. 그러나 오늘날, 풍광이나 환경이나 시설로 보아서, 한국 제일의 해수욕장은 다름 아닌 해운대 백사장이다. 여름이면 서울을 비롯하여 전국 각 지역에서 해수욕객이 모여든다.

한데 필자로서는 해운대라면 마음 아리게 떠오르는 추억이 있다. 그것은 1945년 광복을 맞은 다음 해의 일이다. 당시 중학교 2학년이던 우리는 상급반 학생들에 이끌려서 해운대 백사장에 모였다. 상급생 몇이 우락부락 나서더니 우리로 하여금 마치 군대처럼 백사장을 행진하게 했다. 한데 이게 무슨 일? 난데없이 공산당의 '적기가' 를 부르게 하는 것이다. 상급생들은 좌익계열이었던 것이다.

원수와 더불어 싸워서 죽은

우리의 죽음을 슬퍼 말아라.
깃발을 덮어 다오, 붉은 깃발을
그 밑에 천사를 맹세할 깃발!

나는 어처구니가 없었다. 광복하기 전 일제강점기에 그토록 일본을 위해서 죽을 수 있어야 한다고 맹세하곤 했는데, 이게 뭐람? 광복을 맞은 이제, 공산주의를 위해서 죽으라니! 나는 입을 앙다물었다. 마음도 잠갔다. 백사장 모래를 내다보고는 한숨만 토해 냈다.

'대정공원'의 삼일절 기념식에서 우익의 테러를 당하다

'대정공원(大正公園).'

그런 이름의 공원이 부산에 있었다고 하면 누가 믿을까? 지금은 거의 대부분 부산 시민들의 기억에서 사라지고 없을 것이다. '대정' 이라니, 그게 무슨 말이야? 하고 고개를 갸웃거릴 사람도 있을 것이다. 그러나 대정공원은 엄연히 있었다. 부산 시내에 당당히 시퍼렇게 자리 잡고 있었다. 그나마 부산 시내의 유일무이한, 단 하나밖에 없는 귀한 공원이었다. 오늘날 부산은 용두산, 금강, 중앙, 시민, 민주, 어린이, 암남 등등으로 자그마치 열 곳이 넘을 공원을 간직하고 있지만, 일제강점기에는 오직 '대정공원' 하나밖에 없었다. 거짓말 같아서 잘 믿기지 않을 것이다.

'대정공원' 의 '대정(大正)' 은 일본인들로서는 고개 숙여 받들어야 할 말이다. 일본말로 '다이쇼' 라고 읽는 '大正' 은 지난 시절 일본 왕의 칭호다. 그는 오늘날 왕의 할아버지에 해당할 사람이다. 그렇게 왕의 칭호가 붙여진 '대정공원' 은 일제강점기 시절, 시민들을 위한 성역과 같은 공원이었다. 보수천이 자갈치 바다로 흘러 들어가는 하구(河口) 언저리에 있었다. 일제강점기의 '미도리마치' 곧 오늘날의 충무로 2가(한때 완월동이라고 일컬어진) 쪽에서 뻗어 내린 야트막한 언덕에 자리 잡고 있었다. 지금으로 치면 충무로 로터리에 가까운 곳인데, 지금은 부산 서구청이 들어서 있다.

오늘날 중구와 서구 전체에 걸친 넓은 지역에, 그것도 당시로서는 인구가 비교적 조밀했던 지역에 공원이라곤 달랑 하니 하나밖에 없던 터라, 근처 주민들의 사랑을 받았었다. 부평동에 살고 있던 어린 시절의 필자는 보수천을 따라서 한참을 가긴 해도, 비교적 자주 놀러가곤 해서 다사로운 정이 어린 곳이다. 시내 한복판에 덩그렇게 우거져 있는 숲 동산이라서 마음이 끌린 것 같다. 집에서 나오는 길에 잠자리채를 들고는 냇가를 뛰어가던 것이 바로 어제 같다. 지금의 암남공

대정공원 들어가는 길

원이 있는 송도해수욕장을 갈 때면 으레 지나치던 곳이기도 했다.

그런 정겨운 곳에서 뒷날 대낮에 날벼락을 맞다니? 그것은 생각지도 못했던 일이다. 해방하고 다음다음 해, 그러니까 필자가 중학교 3학년이던 1947년의 일이다. 바로 대정공원에서 '삼일절 기념식' 이 크게 열렸다. 부산 시내의 시민들과 여러 중학교에서 학생들이 대거 참석했다. 식은 우렁차게 진행되었다.

"오등은 자에 아 조선의 독립국임과 아 조선민의 자주민임을 선언하노라."

낭랑하게 독립선언문이 메아리쳤다. 한데 바로 그때다. 난데없이 우박 쏟아지듯이 돌이 날아들었다. 돌벼락이 떨어졌다. 그러면서 함성이 터지고 한 무리의 괴한들이 몽둥이를 들고 달려들었다.

"테러다! 우익의 테러다!"

누군가가 소리쳤다. 우리 어린 학생들은 기겁을 하고는 도망질쳤다. 물살처럼 공원 바깥으로 뛰었다. 나도 거기 휩쓸려서 냅다 내달렸다. 돌멩이는 계속 날아들었다.

"저 빨갱이 놈들 잡아라"

고함 소리가 무서웠다. 죽자고 뛰는데 그만 앞에서 친구들이 넘어졌다. 그들과 부딪치면서 뒤따르던 무리가 길바닥에 쓰러졌다. 나도 나뒹굴었다. 하지만 용케도 얼김에 일어서서 앞을 보고 도망질쳤다. 돌벼락을 헤집고 무사히 탈출에 성공한 것은 한참 만의 일이었다.

이것은 좌익계열, 그러니까 남로당(남조선노동당) 따위의 공산주의자들이 주관한 모임에 한민당이나 이북에서 월남한 청년단 등의 우익계열이 테러를 가한 것이라고 나중에야 알려졌다. 우리들 중학생으로서는 좌익이고 우익이고 알 바가 아니었다. 다만 상급반 학생으로 학생회를 주관한 패거리가 좌파여서 하급생인 우리의 뜻과는 상관없이 그들이 주관한 모임에 참가한 것, 그것뿐이었던 것이다.

그날의 돌벼락 속을 내달리다가 쓰러져서 다친 그 아픈 경험은, 그 무렵부터 한동안 계속해서 치열해진 좌우익의 갈등이라는 역사적 현실에 참여한 꼴이 되었다. 그래서 어린 우리들도 역사의 증인이 되었던 것이다.

국제시장의 전신, '돗떼기시장'의 출발

'돗떼기시장' 또는 '도떼기시장'은 오늘날 국제시장의 전신이다. 바로 8·15해방 직후에 시작되었다.

일제강점기 말기, 그러니까 2차 세계대전으로 일본이 기울기 시작할 무렵에 당시의 '사카에마치', 곧 지금의 신창동 4가 일대에서 건물이며 집들이 몽땅 철거되었다. 그것을 '소카이'라고 했는데, 한자로는 소개(疏開)라고 쓴다. 일본이 본격적으로 전쟁에 밀리기 시작하면서, 부산 지역에도 미군의 비행기가 나타나 이른바 '공습경보'가 울리곤 했다. 언제 공습을 당할지 모를 다급한 상황에서, 시가지의 일부를 아예 몽땅 뜯어내 폭격에 대비하자고 한 것이 바로 소개다. 폭격으로 불길이 옆 동네로, 말하자면 부평동 1가나 신창동 3가 쪽으로

1950년대 국제시장

번지는 것을 막자고 든 비상수단이다.

한데 일본이 전쟁에 패하고 철수한 다음, 그 소개 터의 빈 공간에 난데없이 장이 섰다. 별의별 물건이, 온갖 물건이 노점 장바닥에 나돌았다. 본국으로 철수하는 일본인들이 부두에서 배에 오르기 전에 압수당한 물건이 많았다. 뿐만 아니라, 소위 '얌생이' 물건도 적지 않았다. 오늘날 제6부두와 제7부두에 위치했던 '적기(赤崎)' 창고에 보관된 온갖 군수 물자를 훔쳐 내 오는 도둑질을 일러서 '얌생이' 라고 했다.

그런 물자들을 바닥에 펼쳐 놓고는 하나하나 경매를 하곤 했다. 장사치가 물건을 들거나 가리키면서 값을 부르는 데 따라 사는 사람이 값을 정하고 사들이곤 했는데, 말하자면 낙찰(落札)을 보곤 한 건데, 그럴 때마다 장사치는 '돗따' 라고 외쳐 댔다. 어쩌다 고리짝이 뚜껑도 열리지 않은 채 통째로 경매에 붙여지기도 했는데, 그 안에서 뜻밖에 돈다발이 나오는 수도 있었다. 경매 받은 사람은 그야말로 크나큰 노다지의 횡재를 한 셈이었다.

'돗따' 는 일본말이다. '취할 취(取)' 가 바로 '돗따' 인데, 잡았다, 땄다, 챙겼다 등등으로 취득했다는 뜻이 되고, 경매 현장에서는 낙찰을 보았다는 의미가 된다. ‘돗떼기시장’ 이란 명칭은 바로 이에서 비롯한 것이다.

한데 당시 중학교 2학년이던 나는 뜻밖에 공짜로 횡재하다시피 ‘돗따’ 를 했다. 경매를 위해 일본인들에게서 압수한 짐 보따리를 풀면 더러더러 책이 쏟아져 나왔다. 무더기로 나올 때도 있었다. 그러면 상인은 그걸 내팽개쳤다. 마치 못볼 것 본 것처럼 사정없이 내동댕이쳤다. 거기 모여든 경매꾼들도 마찬가지로 거들떠보지도 않았다. 이래저래 책들은 버려졌다.

나는 거기서 쓸 만한 것들, 예컨대 참고서며 사전 그리고 교양서적과 문학작품들을 알뜰하게 챙겼다. 일제강점기 말에 책을 산다는 것은 어림도 없었던 탓에 책 갖기가 꿈이던 내게 그것은 여간한 요행이 아니었다. 땅바닥에 흩뜨려진 것에서 마음에 드는 책만 골라내면서 나는 이게 바로 노적가리 같은 보물이라고 생각했다. 고르고 골라서는 줄로 묶어 둘러메고 가도 누구 한 사람 막고 나서는 사람이 없었다. 그것은 나의 ‘공짜 돗따’ 였다.

그러다가 뒤늦게야 장사꾼들이 헌 책을 따로 챙겨서 돈을 받고 팔게 된 것인데, 거기에서 바로 보수동 헌책방 골목의 기원이 이루어진 것이다. 하지만 그렇게 되기까지 나의 책 '공짜 돗따' 는 한동안 계속되었다. 그것이 훗날 나의 서재가 따로 마련되는 계기가 되기도 한 것이다. 공짜로 돗따해서는 등에다 둘러메고 가던 그 책들! 그것이야 말로, 8 · 15광복이 내게 베푼 커다란 선물이었던 것이다.

대연동 못골 저수지에서
뱀과 헤엄치기 경주를

내가 다니던 '부산제1공업학교'는 대연동에 있었다. 일제강점기 시대, '부산제1공업학교'에 입학해서 6년을 다닌 끝에 1950년에 졸업했다. 이름이 '부산공업중학교'로 바뀌었다. 지금은 옛날의 교사가 헐리고 그 자리에 부산 남구청이 들어서 있다. 4차선 대로가 뚫리고 여간 변화한 게 아니다. 하지만 내가 다니던 시절에는 아주 한산한 시골구석이었다. 학교 앞 신작로에는 거의 차가 다니지 않았다. 길 건너는 온통 논밭이었다.

그런 곳에 범일동에서 전차를 내려서는 꼬박 한 시간 넘게 걸어서 통학을 하기란 여간 힘겨운 게 아니었다. 아침마다 달리기로 등교하게 되어 있었기에 힘겹다 못해 죽도록 고통스러웠다. 그러나 5대 1이 넘는 입학경쟁률을 이기고 가까스로 입학한 긍지에 기대어서 그런대로 열심히 학교를 다녔다.

나는 전기과, 화학과, 건축과 등과 어깨를 겨루던 기계과 학생이었지만 전공과목이 지겨웠다. 과외 활동으로 문예반원 노릇하기가 한결 즐거웠던 터라서 기계 과목에는 적응하기가 어려웠다. 억지로 억지로 학업을 계속해서 6학년, 그러니까 지금 같으면 고3이 되었을 때는 아예 오후에 몰린 기계 과목 시간을 빼먹었다. 으레 가방을 챙겨서는 뒷산으로 도망질쳤다. 담임선생도 그걸 보아주셨다. 인문계 대학으로 가게 예정되어 있던 터라서, 기계 과목 시간을 빼먹고 뒷산에서 혼자 입시 공부하는 것을 모른 척해 주셨다.

학교 뒷산 기슭에는 마을과 멀리 동떨어져서 큰 저수지가 있었다. 근처 주민들은 '목골 못' 이라고 했다. 나는 그 둑에 혼자 앉아서 입시 준비를 했다. 독학을 한 셈이었다. 환경이 워낙 좋아서 그랬던지, 공부는 잘 되어 나갔다.

그러던 중에 이내 여름방학을 맞게 된 즈음이었다. 공부하다가 더위에 지치면, 아무도 없는 터라서 알몸으로 수영을 즐겨 댔다. 수영으로는 워낙 명수였다. 별명이 '갑바' 였다. 한자로 하동(河童)이라고 쓰는 일본말인데, 그 글자가 일러 주고 있듯이 갑바는 물속에 사는 사람을 닮은 괴물이었다. 그만큼 나의 수영 솜씨는 친구들이 알아 모셨다.

한데 어느 날이었다. 한참 신나게 헤엄을 치고 있는데 아니, 이게 뭐람? 큰 물뱀 한 마리가 내 옆을 지나가는 게 아닌가! 고개 바싹 추켜들고 기다란 몸통 흐느적대면서 물살 일으키면서 헤엄쳐 나가고 있었다. 나는 순간 속도를 높였다. 경주가 시작되었다.

'내가 네 녀석에게 지는가 봐라'

그날의 수영 경주 대회에서 우승한 나는 그 여세를 몰아서 훗날 대학 입시에 붙을 수 있었다. 해서 목골 못의 둔덕에 기념비라도 하나 세우고 싶지만 그럴 가망이 없다. 이젠 메워진 자리가 온통 주거지로 변하고 말았다.

범일동 전차 정거장 지척에
공동 우물이 있었으니

앵두나무 우물가에
동네 처녀 바람났네
물동이 호미자루 나도 몰라 내던지고
말만 들은 서울로 누굴 찾아서
이쁜이도 금순이도 단봇짐을 쌌다네

이렇듯이, 한 시대 전만 해도 시골 마을 어귀에는 으레 공동 우물이 있었다. 회화나무나 느티나무 따위의 우거진 그늘에 내로라하고 자리하고 있었다. 우물가는 아주머니며 처녀들로 노상 홍청댔다. 하지만 이제 이쁜이도 금순이도 다들 떠나간 시골 마을에서 우물은 천덕꾸러기가 되고 말았다. 외따로 나동그라져 있을 뿐이다.

부산의 시가지에, 그것도 번화한 시가지에 공동 우물이 있었다면 누가 믿을 것 같지 않다. 하지만 그 옛날, 1950년대만 해도 범일동에는 의젓하고 당당하게 공동 우물이 내로라하고 버티고 있었다. 그것도 노상 사람들이 바글대는 전차 정거장 바로 이웃에 자리 잡고 있었다. 정거장 맞은편으로 길을 건너 경부선 철로를 넘어서자마자, 범일동 시장이 벅적대는 곳에 위치하고 있었다.

우물 곁의 골목을 끼고 조금만 올라가면 길가에 '정발(鄭撥) 장군' 사당이 고즈넉하게 자리 잡고 있기도 했다. 임진왜란 때 부산포 첨사(僉使)였던 정발 장군은 대마도에서 부산항까지 온 바다를 뒤덮으며 쳐들어온 일본군을 맞아서 전투를 지휘한 끝에 장렬하게 목숨 바친 인물이다. 하지만 일제강점기에 그 자그마한 사당은 별로 알아주는 이 없이 언제나 한적했다. 그런 역사적 유적이 멀지 않은 곳에 공동 우물이 자리 잡고 있었던 것이다. 정거장 바로 옆, 골목 하나를 사이에 둔 지점이었다. 둘레로는 시계 가게를 비롯해서 각종 점포가 줄지어 서 있는 바로 그 뒤였다. 부산시 범일동 154번지, 우연한 기회에 얻어 들은 지번을 지금도 외우고 있다.

대연동 학교에서 일과를 마치고 범일동 전차 정거장으로 걸어 나온 우리 꼬맹이들은 늦은 봄부터 여름 한 철 내내 우물에 들르곤 했다. 십 리도 넘게 걸어온 뒤라 다들 땀에 절고 목이 말랐기 때문이다. 한여름이면 학우들 중 일부 얌체족들은 마침 물을 기르기 위해서 우물에 온 동네 아주머니들이 보든 말든 아예 웃통을 벗어젖히고는 서로 '등물(목물)' 을 끼얹기도 했다. 나머지는 얼굴을 씻으면서 더위를 달래거나 벌컥벌컥 목을 축이기도 했다. 그래서 우물가는 노상 시끌벅적하고 또 왁자지껄했다. 그 소란은 자동차 소음에도 아랑곳하지 않고 전차 정거장까지 울려오곤 했다.

당시만 해도 범일동 전차 정거장 주변은 도시다운 번화가였다. 한데도 지나가던 사람들이 들러서 등물 끼얹고 더위 식히는 공동 우물이 덩그렇게 내로라하고 버티고 있었던 것이다. 그로부터 반세기도 더 지난 지금에는 이웃 주민들에게서도 잊힌 지 오래일 것 같다.

6·25전쟁의 후방 기지,
제2부두에서

6 · 25전쟁이 치열했던 바로 그 당시, 부산의 부두들은 엄청 큰 구실을 맡아 내었다. 전쟁에 직접 막대한 영향을 끼치고 있었다. 유엔군과 미군들을 위한 병참 기지이자 후방 기지였다. 제2의 전선이기도 했다. 이 점은 6 · 25전쟁의 역사를 기록할 때 크게 강조되어도 좋을 것이다.

1950년 7월 초, 필자는 서울서 갓 입학한 대학을 뒤로 하고 부산 집에 와 있었다. 북한군이 서울에 쳐들어오기 전에 용케도 남보다 앞서서 피난을 올 수 있었던 것이다. 이미 전란에 휩쓸린 부산은 '피난 수도' 또는 '임시 수도' 로서 경황이 없었다. 온 시내가 위기감에 넘쳐 있었다. 쏟아져 들어온 피난민 무리가 위기감을 더욱 고조시키기도 했다. 거리 분위기가 술렁대고 아슬아슬했다.

그런 중에 나는 멍청하게 놀고 있을 수만은 없었다. 무엇인가 일이 있어야 했다. 마침 미군이 중앙동에 사무실을 차리고 미군의 후방 부대를 도울 직원을 모집한다는 소문을 들었다. 나는 달려갔다. 하지만 너무나 많은 지원자가 몰려들어 있었다. 거의 온종일 줄을 서서 차례를 기다렸지만 허사였다. 해서 다음 날 나는 덮어놓고 제1부두로 달려갔다. 거기서도 한국인 직원을 모집하고 있다고 했기 때문이다.

부두 입구에서 경비를 맡고 있는 미군 병사의 양해를 얻어서 부두 안 2층에 위치한 인사 사무실로 올라갔다. 방 안 맨 안쪽에 자리 잡고 앉은, 우두머리로 보이는 장교에게 부두에서 일하고 싶다고 말했다. 몇 마디 말이 오고 간 뒤에 그는 내게 '피어 투' 로 가서 통역을 하라고 했다. 나는 '피어' 가 뭐냐고 물었다. 미군 장교는 배가 닿는 시설인데, 여기는 '피어 원' 이고 바로 지척에 '피어 투' 가 있다고 소상하게 일러 주었다.

나는 곧장 제2부두로 달려갔다. 현지의 미군 우두머리는 이미 전화로 연락을 받았다면서 흔쾌히 나를 받아주었다. 그

6・25전쟁 당시 부산부두

래서 보기 좋게 일자리를 얻는 데 성공했다. '피어 투' 는 제2부두를 가리킨 것이다. 한데 하필이면 밤에 일하게 된 나는 다음 날부터 야근으로 제2부두에서 근무하게 되었다. 대학 국문과 1학년 학생이 느닷없이 미군 통역이 되다니, 나 스스로도 긴가민가했다.

하지만 쉽지 않았다. 학교에서 영어는 배웠어도 회화라곤 단 한 시간도 배운 적이 없는 처지로는 문제가 많았다. 말이 통역이지, 미군과의 대화는 수시로 불통이 되곤 했다. 하지만 요행으로 흑인 장교가 도와주었다. 틈만 나면 마주 앉아서 부두 안의 일거리들을 소상하게 설명해 주었다. 나의 서툰 발음이며 억양을 고쳐 주었다. 그게 현장에서 일하는 데 크게 도움이 되었다.

그 당시 제2부두는 미군과 유엔군의 군수 물자들, 예컨대 군복이며 생활 도구 그리고 먹을거리 등을 전선으로 운반하는 기지였다. 통역이 하는 일은 하역, 곧 배에서 짐을 부려 기차에 싣는 역할을 맡은 한국인 인부들에게 미군 담당자가 내리는 명령을 한국말로 옮기는 것이었다. 수백 명의 인부들 틈서리에서 야간에 근무하는 것이 심히 고되었지만, 나는 주어진 일에 몰두했다.

"부산에 이만한 부두 시설이 없었더라면, 전쟁에 이기는 것은 어림도 없는 일이야."

흑인 장교의 이런 말이 나를 고무시켰다. 영어 몇 마디로나마 열심히 일하는 것이 곧 전쟁에 이바지하는 것임을 깨달았기 때문이다. 정말 그랬다. 당시 제1에서 제4까지의 부두, 그리고 중앙부두까지 모두 다섯 곳의 부두가 부산항에 있었다. 제1부두는 주로 병사들의 수송에 이바지하고 나머지 부두는 전쟁 물자와 군 장비 그리고 각종 무기를 수송하는 데 활용되었다. 각종 자동차며 대포 그리고 탱크도 실려 왔다.

그런 부산 부두가 없었더라면, 하고 상상하는 일은 소름끼치는 일이다. 6 · 25전쟁을 승리로 이끈 으뜸가는 전쟁 공로자로서 우리의 부산 부두는 민족의 역사에 길이길이 크게 새겨져야 마땅할 것이다.

6·25난리 통의 부산 거리

한자로 亂離라고 쓰는 '난리'는 전란(戰亂), 곧 전쟁으로, 또는 전란과 비슷한 분란(紛亂)으로 세상이 어지러워지고 소란스러워진 것을 의미한다. '난리가 났다'는 말은 그런 변란(變亂)의 사태를 가리킨다. 전쟁으로 세상이 발칵 뒤집혔음을 뜻한다.

1950년 6월 25일 바로 그날, 북한의 인민군이 38선을 넘어서 난데없이 남한으로 쳐들어왔다. 서울이 무너지면서 한국의 수도는 잠시 대구에 머물렀다가 이내 수십만 명의 피난민과 함께 부산으로 옮겨 왔다. 그러면서 부산은 피난 수도가 되었다. 부산이 전쟁의 난리 통 속에 본격적으로 휘말리게 된 것이다.

온 시내가 피난민으로 득실댔다. 거리가 피난민으로 넘쳐

1951년 대청동에서 바라본 용두산 판잣집

났다. 확실하게 숫자를 댈 수는 없지만, 부산에 미리부터 정착해 있던 시민의 수를 넘어섰을 것 같다. 그래서 부산은 명실 공히 피난 수도가 되었다. 시내에서 가까운, 온 산비탈은 어디 할 것 없이 피난민 마을이 되고 말았다. 보수동 남쪽으로 면한 산비탈을 위시해서 40계단 위 동광동 일대와 그 언저리 영선고개 일대도 갑자기 변모하고 말았다. 당시 '하꼬방'이라고들 하던, 작고 초라한 판잣집이 빼곡히 들어찬 것이다.

그런 중에서도 대청동이나 동광동에서 영주동으로 넘어가는 영선고개를 따라 그 뒤편으로 형성된 피난민촌은 대단했다. 뒤에 대청동 4가로 편입된 복병동을 위시해서 보수동, 대청동, 영주동 등을 고루 두르고 솟아 있는 보수산, 오늘날 부산민주공원이 들어서 있는 그 거대한 산줄기는 온통 판잣집으로 빼곡히 매워졌다. 난데없이 '판잣집 산'이 생겨난 것이다. 그러기에 이런 가요도 생겨났다.

한 많은 피난살이 설움도 많아
그래도 잊지 못할 판잣집이여

살던 고장을 하루아침에 등지고 낯선 땅에 기대 살게 된 피난민과 북한에서 남하한 이주민들은 모두 뿌리가 뽑혀서 옮겨진 풀이나 나무와 다를 게 없었다. 그야말로 의지가지없었다. 정해진 일자리도 직업도 있을 턱이 없었다. 그야말로 하루 벌어서 하루 먹는 노동이 유일한 생계 수단이었다. 다들 예외 없이 노무자로 살 수밖에 없었다.

보수동과 복병동에 들어선 판잣집의 주민들은 주로 국제시장에서 지게로, 품팔이로 살아갔다. 그런가 하면 영선고개 언저리의 사람들은 옛 부산역과 부두에서 주로 하역에 종사하였는데, 역시 품팔이꾼으로, 지게꾼으로 목숨을 부지해 나갔다. 요즘 식으로 말하면 '일용직' 도 없는 노동자에 불과했다.

그런데 그 무렵 부산은 엎친 데 덮친 격으로 전쟁에 시달리고 있었다. 전쟁도 급박해 있었다. 당시에 대한민국이라고 해야, 그 영토가 경상남북도의 일부에 불과했다. 최전선이 포항과 왜관과 마산 변두리를 잇는 선으로 그어져 있었다. 그야말로 나라가 오늘내일 하는 판이었다. 대낮인데도 부산의 거리에는 전쟁의 폭음이 들리곤 했다. 포항과 왜관 쪽에서 들려오는 대포 소리이거나 아니면 그 일대를 공습해서 아군이 적

진에 터뜨리는 폭격 소리라고 사람들은 수군댔다. 그래서인지 정부가 일본의 대마도에 피난 갈 차비를 차리고 있다는 허황된, 그러나 소름 끼치는 소문이 나돌기도 했다.

그러나 그와 같은 수군댐이나 소문은 시민들의 사기를 꺾지 못했다. 아니, 멀리 최전방에서 들려오는 것으로 생각되는 그 포격이나 폭격 소리가 시민의 기세를 돋우었으면 돋우었지 누르지는 못했다. 다행스럽게도 낙동강 전선에서 국군과 유엔군이 승리하고 있다는 뉴스가 시민의 사기를 더한층 뜨겁게 불타오르게 했다. 그런 시민의 기세와 피난 정부의 위기관리 능력이 서로 합이 맞았다. 후방 기지의 전사로서, 제2전선의 전사로서 다들 맡은 일에 열중했다. 그것이 전쟁에 이기는 결정적인 계기의 하나가 된 것은 의심할 여지가 없다. 부산은 6 · 25전쟁의 역사에서 이룩한 찬란한 전과(戰果)를 내세우고 어깨 으쓱해도 좋을 것이다. '부산 만세' 를 소리 높이 외쳐도 좋을 것이다.

부산의 전시 피난 대학

6 · 25전쟁이 낙동강 일대에서 한창 치열하던 그 즈음, 나라의 운세가 커다란 위기에 몰려 있던 그 즈음, 부산에서는 서울서 피난 온 대학들이 문을 열었다. 그 다급한 경황 속에서도 학문의 터전이 곧게 일어선 것이다. 그것은 엄청난 일이었다. 우리의 대학 역사만이 아니라, 온 세계의 대학 역사에서도 특필해야 할 것이다.

1950년 7월쯤에, 그러니까 6 · 25전쟁이 터진 바로 그 다음 달쯤에 서울서 피난 온 대학들은 개별적으로 학생들의 등록을 받았다. 나는 동대신동의 작은 집에 세 든 '서울대학교 문리과대학' 에서 등록을 마쳤다. 그러나 대학이 곧장 문을 열지는 못했다. 강의실 하나 마련할 여지도 없었기 때문이다. 해서 서울서 피난 온 대학들이 하나로 뭉쳤다. 가로되, '전시 연합 대학' 이 탄생한 것이다. 그렇다고 교사나 강의실이 마련된 것은 아니다. 광복로의 맨 동쪽 끝, 그러니까 옛날 부산 시청의 맞은편이자 지금의 롯데백화점 광복점의 맞은편에 있던 '부민관' 이라는 극장에서 '전시 연합 대학' 은 강의를 시작했다. 낡은 극장에 세를 들어 대학이 시작된 것이다.

서울의 모든 대학이 참여했는데도 위아래 층의 자리가 듬성듬성 빌 만큼 학생 수는 적었다. 대학 구별은 물론 학과 구별도, 학년 구별도 없었다. 무턱대고 군데군데 모여 앉았다. 그런 지경이니, 강의는 전공이고 뭐고 따질 겨를이 없었다. 누가 들어도 괜찮을 만한 어리벙벙한 제목을 단 강의, 구태여 따지자면 교양과목 강의가 고작이었다.

그러나 실속만 따지고 말 게 아니다. 그 전쟁의 법석 통에서, 내일을 미처 기약하지 못할 전란의 위기 속에서 그나마 대학이 문을 연 것만 해도 대단한 일이다. 포화(砲火)가 난무하는 속에서 피난 온 여러 대학이 하나로 뭉쳐서 대학 본래의 업무로 복귀한 것이니, 여간 장한 일이 아니다. 문자 그대로 '전시 연합 대학' 이 아닐 수 없다.

그러다가 대학이 부민관을 떠나서 딴 곳으로 이사를 갔다.

1930년대 부민관

영도 영선동에 있는 어느 사찰의 조그마한 부속 건물로 옮겨갔다. 대학이 한 학기 사이에 달랑달랑 이사를 하다니, 누구나 못 믿을 얘기일 것이다.

그럭저럭 한 학기를 넘겼다. 다음 봄 학기에 우리들은 각자 자기 대학으로 돌아갔다. 우리 대학은 그 무렵 구덕운동장 바로 뒤에 있던 부산대학교 캠퍼스 안의 강의실에 세를 들었다. 대학이 곁방살이를 한 꼴이다. 하지만 학과별로 강의가 설정되었으니, 여간 다행한 일이 아니었다. 그러던 중에, 가을 학기에는 우리 대학이 제 자리를 찾았다. 그래봐야 동대신동 구덕산 기슭에 천막을 다섯 채 친 것이 전부였다. 천막 대학이 개교한 것이다. 그것은 온 천하의 대학의 역사에서 둘도 없을 사건이 아닐 수 없었다.

어느 따뜻한 날이다. 종교학 강의를 맡은 교수가 뒷산으로 가서 강의를 하자고 했다. 바람에 나풀대고 삐걱대는 천막 교실보다는 바깥이 나을 거라고 했다. 몇 안 되는 학생들이 비탈을 올라갔다. 비교적 평탄한 풀밭에 자리 잡고 앉았다. 가을 하늘이 구름 한 점 없이 맑았다. 눈부시게 내리쬐는 햇살이 따사로웠다. 멀리로 시가지가 내려다보이는 그 언덕 풀밭은 소슬했다. 산새들의 울음이 잦아지는 것을 기다려서 교수는 강의를 시작하자고 했다. 우리들은 편하게 다리를 뻗고 앉아서 무릎에 노트를 펼치고 주의를 모았다. 종교학이 전공이라서 그랬을까? 교수는 우선 다 함께 기도하자고 했다.

"주여. 이 자리에서 강의를 하게 된 것이 기쁩니다. 햇살 눈부신 푸른 가을날의 초원에서 강의를 할 수 있다는 것이 감격스럽습니다. 주여, 감사드립니다."

교수는 오른손을 가슴에 대고는 십자를 그었다. 이어 '아멘!' 소리가 은은했다. 신도가 아닌 학생까지도 무심코 '아멘!' 을 읊었다. 산새의 드맑은 울음이 이에 화답했다.

범어사의 인연

나는 독실한 불제자이셨던 할머니 덕에 어릴 적부터 동래 범어사에 다녔다. 시내에서는 엄청 멀고 멀었다. 두 번 전차를 갈아타고 근 두 시간 가까이 달려간 끝에 온천장 종점에서 내리면 별 수 없었다. 팔송정 마을을 거쳐 금정산 범어사까지 꼬박 걸어서 가야 했다. 그게 또 한 시간 넘게 걸렸던 것 같다.

본사 요사채에서 자면서 세 끼 공양도 거르지 않았다. 그런 중에 묘한 경험을 했다. 꼬맹이이던 나는 절간의 채소 반찬만으로는 밥을 먹어 내지 못했다. 찡얼대는 손자를 달래서 할머니는 스님과 짜고 꾀를 내셨다. 미리 마련해 오신 마른 명태를 빻고 가루를 내어서는 국에 타서 먹게 해 주었다. 겉보기로는 고기반찬 같게 안 보였던 것이다. 그렇게 할머니는 어린 중생을 구하셨다.

그러던 것이 인연이 되어서일까? 할머니께서 입적하시어 열반에 드신 뒤, 바로 범어사에 딸린 안양암에서 칠칠재(七七齋)를 올리는 동안 내내, 나는 할머니를 모시게 되었다. 대학원 다니던 시절이었는데 마침 여름방학인 것이 다행이었다. 이레마다 온 가족이 암자에 모여서 재를 올리곤 했는데, 가족들이 돌아간 뒤 혼자 남은 나는 반쯤 스님이 되다시피 해서는 온 여름을 보냈다.

'큰절' 이라고도 하는 본사에서 그리 멀지 않은 아주 깊숙한 계곡 비탈에, 호젓하게 자리한 안양암에서 나는 산사 생활을 아주 쾌적하게 보냈다. 주지 스님과 꼬마 상좌 곁에서 나의 매일은 푸르고도 싱그러웠다. 한낮은 그늘진 숲 속을 흐르고 있는 개울에서 보내곤 했다. 책 읽기 반, 상상이며 생각에 젖기 반으로 어정대다가 개울에 몸 담그고는 멱을 감기도 했다. 워낙 한갓지고 외진 골짝이라 남들 눈에 띌까 걱정할 건 없었다.

더러는 몸에 낀 땀이며 때를 밀기도 했는데, 그러다가 문득 묘한 장면을 보게 되었다. 내 몸 둘레를 헤엄치고 있던 피라미가 막 내가 밀어낸 때꼽재기를 날렵하게 날름날름 먹어 대는 것이었다. 맛나게 멋지게 삼켜 대는 것이었다.

'나의 때꼽재기가 물고기의 먹이가 되다니!'

나는 중얼대면서 내가 물고기를 위한 시주(施主)가 된 것으로 자처하기도 했다. 그러던 중에 한 가지 꾀가 떠올랐다. 그것은 피라미를 잡을 작전 계획이었다. 어느 날 속이 빈 조그마한 유리병을 들고 개울에 갔다. 유리명 안에다 막 밀어낸 나의 때꼽재기를 챙겨 넣었다. 그리고는 개울물 안에 기웃하게 세워 놓았다. 그러자 아니나 다를까, 피라미들이 서로 앞다투어서 나의 때꼽재기를 노리고는 병 안으로 달려들었다. 내가 놓은 덫에 걸려든 것이었다. 병에서 꺼낸 피라미 몇 마리를 개울가의 모래 위 잔 나무가지에 얹고는 불을 질렀다. 한참 만에 입에 문, 노릇노릇 잘 익은 바비큐의 맛이라니! 절에서 생선이나 고기 따위 입에 대지 말라는 금기쯤은 아무것도 아니었다.

그런 중에 여대생 둘이 암자를 찾아들었다. 그중 하나가 주지 스님의 조카뻘 된다면서 두 사람이 암자에서 방학을 보낼 거라고 상좌가 내게 일러 주었다. 그런데도 암자는 여전히

1920년대 범어사

잠잠하고 고요했다. 여학생들은 저희끼리 식사조차 딴 방에서 하고 있던 탓에 이따금 뜰에서 만나는 게 고작이었다. 그렇게 이삼 일쯤 지나자 서로 인사를 하게 되었는데, 부산대학교 졸업반이라서 졸업 논문도 쓸 겸 산사에 왔다고 했다. 그 중에서 정씨 성의 여학생은 국문과에 적을 두고 있다고 했다. 나는 서로 전공이 같다면서 반겼다. 말이 통했다.

그럭저럭 서로 낯이 설지 않게 된 어느 날, 나는 그들을 골짝 깊은 곳 약수터로 안내하게 되었다. 나 혼자서 이틀에 한 번 정도 들르던 약수터까지는 제법 멀었다. 말이 약수터지 우연히 바위틈에 맑은 물이 고여서 흐르는 걸 보고는 내가 이름 붙인 나만의 약수터였다. 사람들이 오는 일은 없었다. 신도들이나 등산객이 들를 곳도 아니었다. 비탈을 타고 넘어서 좁다란 산길을 한참 가야 했지만 셋은 즐거웠다. 더운 것도 무릅쓰고 겨우 다다라서는 바위틈에 괸 약수를 즐겼다. 시원하게 목을 축이고 난 여학생들은 마침 그늘이 진 곳이라 편하게 앉아서 나직하게 노래를 부르기도 했다. 아주 쾌적했다. 따라 노래하는 듯, 산새들의 지저귐이 싱그러웠다.

한참 만에 일어선 우리는 비탈을 내려오기 시작했다. 발걸음은 사뭇 가벼웠다. 한데 내리막길을 반 넘어 오고 있던 때였다. 뒤따라오던 여학생의 '아야!' 하는 비명 소리가 들렸다. 정씨 성의 여학생이 웅크리고 앉아 있었다. 풀 더미를 헛디뎌서 발목을 삐었다고 했다. 운동화를 벗기고 발목을 주물러 주는데, 그녀는 연신 아프다고 울상을 지었다. 한참 만에 간신히 일어서는 그녀의 겨드랑이 밑을 내가 어깨로 받쳐 주었다. 그녀는 내게 의지해서 비틀대면서 겨우겨우 걸음을 떼놓았다. 별로 친하지도 않은 남녀가 그렇게 이인삼각(二人三脚)으로, 말하자면 두 사람 세 다리 꼴로 걸어야 했다.

한데 그게 질긴 인연의 끈이 될 줄이야! 그것이 계기가 되어서 그녀와 나는 제법 마음을 트고 지내게 되었다. 방학을 마치고 산사를 떠난 뒤에 서울과 부산 사이를 자주자주 편지가 오고 가고 했다. 이제 한집에서 함께 나이 많이많이 들어가면서, 마음으로는 언제나 한결같이 이인삼각인 것을 그녀와 나는 늘 고마워하고 있다.

내게 끼쳐진 부산이여!

부산은 한국의 중세사와 근대사 그리고 현대사의 현장이다. 한국의 그 오랜, 지나간 시절의 역사와 현대의 역사가 어떠했던가를 다른 어느 고장보다도 생생하고 진하게 말해 주는 곳이 다름 아닌 부산이다. 먼 옛적의 부산부곡(富山部曲)이며 부산포(富山浦)고, 가까운 옛적의 부산부(釜山府)이며 근래의 부산시고, 오늘의 부산광역시다.

누구나 알다시피 부산은, 지금은 고관(구관)이라고 하는 '두모포' 로 대표될 부산포 이래로 우리 역사의 최전방이었다. 멀리 임진란까지 구태여 얘기를 거슬러 올라갈 것도 없다. 왜구들의 노략질을 맞아서 승리의 함성을 울린 최전방이었고 전초 기지였던 것까지 새삼 들먹일 것도 없다. 중세

이래로 줄곧 한국 역사의 전초(前哨) 기지였다. 전위(前衛)였다.

그러다가 일제강점기에는 불행하게도 식민지 안의 또 식민지였다. 한일합방 이후로 해방을 맞을 때까지, 그 묵은 시대의 부산의 '다운타운' 은 예외 없이 일본인 거리였다. 거리 이름도 동네 이름도 온통 일본식으로 붙어 있었다. 그러다가 해방을 맞고는 미처 5년을 채우기도 전, 6 · 25전쟁을 당해서 부산은 임시 수도의 구실을 맡았고 마침내 전쟁에 이기는 후방 기지 노릇을 맡아 내었다. 이렇듯이 부산은 한국 근현대사의 텃밭 구실을 담당했다. 그것은 부산시민의 긍지다. 자부심이다.

나는 그 같은 부산의 근대사와 현대사의 소용돌이 속에서 자라났다. 젖먹이 철과 소년기 그리고 청년 시절을 맞고 치르고 했다. 그것은 1930년대 초엽부터 1940년대를 거쳐서 1950년대 초반에 이르는 동안의 20년 넘는 세월에 걸쳐 있다. 부산 근현대사의 산 증인일 수도 있다고 자부하고 싶다. 그 사이, 유치원과 초등학교와 중고교는 말할 것도 없고 대학 시절 동안의 3년을 겪어 내었다. 서울서 갓 입학식을 치르고는 이

내 전쟁에 밀려서 대학이 부산으로 피난을 왔기 때문이다. 그 동안의 귀하고도 보람찬 시간은, 나무로 치면 이른 봄날 싹이 터서 신록이 우거지고 드디어 꽃이 만발할 때까지에 걸린 시간 같은 것이다.

그러기에 꼬맹이 철의 나는 영락없는 '부산내기' 였다. 갈데없는 '부산 똘똘이' 였다. 1930년대로는 부산의 시가지 중에서도 가장 번화한 동네였던 부평동 사거리는 어린 우리들의 바깥뜰이나 다를 게 없었다. 바로 집 앞의 한길을 달리던 전차와 경주를 벌이곤 했다. 1가에서 4가까지, 부평동의 일본인 동네를 휘저어 대는 것이 즐거웠다. 그 당시 '사거리시장' 이라고들 하던 부평동시장에 밤이 오면, 철시(撤市)하여 텅텅 빈 공간에서 술래잡기로 시간 가는 줄 몰랐다. 그렇게 '부산 깍쟁이' 는 자랐다.

그러다 싫증이 나면 잠자리채 둘러메고는 보수산이나 복병산에 올라서 매미 잡기에 열중했다. 그 무렵 복병산에는 기상청이 갓 들어서긴 했어도 영주동으로 가는 고개는 막혀 있었다. 뒷날 문화재가 될 저수지가 들어서리라고는 꿈에도 생각하지 못했다. 산의 오르막에 있던 제법 큰 규모의 일본인

사찰 둘레 숲이 우리들의 아지트였다.

6년제 중학교를 마치고 서울의 대학에 입학해서는 한때나마 부산을 떠나 살게 되었는데, 웬걸 6·25전쟁이 발길을 되돌리게 했다. 거의 3년을 부산서 대학을 다녔다. '임시 수도', '피난수도' 로 전란에 휩쓸려서 경황없이 법석대던 부산서 뒷날 명색이나마 학자가 될 기틀을 닦을 수 있었다. 그 뒤의 나의 인생길은 그 연장선에 불과하다.

그래서 근현대의 부산은 나의 제2의 모태가 되어 주었다. 유소년기와 청년 시절이 안기고 품기고 해서, 제2의 안태고향이 되어 준 부산, 그 부산을 위해서 효도를 다하듯이 사랑을 바칠 것을 다짐 두면서 마무리를 짓고 싶다.

나이로는 노년이지만, 마음으로는 이팔청춘인 늙은 소년의 젊은 날이 파릇파릇한 장단으로 울리게 되기를 바라고 싶다. 그 싱그러운 울림이 아코디언의 가락처럼 번지기를 빌고 싶다.